PASIONES QUE MATAN Y ALGO MÁS

Armando H. Noriega

Crimen en La Quebrada

Comenzaba a iluminarse con los primeros rayos de sol el mirador de La Quebrada, iba corriendo una chica joven ejercitándose sobre la costera, estaba bajando las escaleras trotando del emblemático mirador turístico, traía audífonos puestos, iba concentrada en sus ejercicios, fue entonces que una imagen terrorífica la hizo detenerse al mismo tiempo que inconscientemente dio un grito de auxilio, cubrió su rostro con las manos, no podía creer lo que estaba viendo, por la hora no había nadie, estaba sola, como pudo tomó su celular y pidió ayuda, frente a ella yacía el cuerpo sin vida de un joven que a simple vista fue asesinado con cinco impactos de bala.

Momentos más tarde ya había un fuerte dispositivo policiaco en el lugar, la zona estaba acordonada, en el lugar estaban la comandante Sandoval de homicidios con dos de sus compañeros y el médico forense, el inspector Córdoba le decía a la comandante:

-Comandante, el asalto está descartado, la víctima tiene su reloj, pulsera y cadena de oro, también tiene su cartera con cinco mil pesos, llaves de su carro, tarjetas de crédito, débito y teléfono celular, la víctima se llamaba Raúl Del Rio.

El inspector Moreno, que en esos momentos estaba levantando evidencias, también comentó

-Tenemos una víctima de homicidio, pero nos falta la escena del crimen…

La comandante le preguntó a la forense

-¿Doctora Martínez, cuánto tiempo tiene que murió la víctima?

-De diez a doce horas

-Por lo que se puede ver fue una riña en algún bar, la víctima huele mucho a alcohol- Comentó la comandante Sandoval

-Eso se lo podré comentar hasta que haga la necropsia

-Inspector Moreno, ¿Qué tipos de identificación tiene la víctima?

-Tiene credencial para votar, licencia, credencial de trabajo del hotel "Villas de la costera" y una credencial de acceso al conjunto habitacional Mirador Diamante; comandante, aquí hay algo raro

-Que pasó

-La víctima tiene un teléfono de lujo, las llaves del carro son de uno de lujo, y su identificación dice que vive en una zona exclusiva de Acapulco, pero trabajaba de botones, no tiene sentido.

La comandante Sandoval se retiró las gafas oscuras que traía mostrando cara de asombro, de inmediato le dio indicaciones a sus inspectores, uno que se vaya con ella al trabajo de la víctima a investigar y al otro que se vaya al laboratorio para iniciar las investigaciones correspondientes y que la mantuvieran informada.

Momentos más tarde la comandante y el inspector tomaron rumbo por La Costera Miguel Alemán, minutos después ya se encontraban en el hotel "Villas de la Costera" hablando con el gerente del hotel, el gerente se mostraba claramente afectado por la noticia, no podía contener el llanto ya que el gerente y el padre de la víctima son amigos de la infancia, hacía un año atrás el padre le había pedido de favor que le diera trabajo a su hijo, pero desde abajo para que aprendiera bien el oficio y se fuera ganando por él mismo los ascensos, tenía escasos dos semanas que había subido a jefe de botones, era un muchacho proactivo, con mucha iniciativa, tenía un equipo de trabajo muy sólido y muy unido, era un líder nato, disciplinado, era el primero que llegaba a su trabajo y el último en retirarse, un empleado modelo, la cara del gerente cambió de tristeza a asombro cuando le dijeron que la víctima olía mucho a alcohol

-No puede ser posible, Raúl no tomaba ni sidra en navidad, no bebía en lo absoluto…

La comandante al escuchar aquella declaración se puso en contacto con la forense para que le diera un informe de la víctima.

-Comandante, la víctima no tenía rastros ni de alcohol ni de drogas en su organismo, eso se lo pusieron intencionalmente para hacernos creer que había bebido, sus órganos están limpios, era una persona sana, sin vicios…

El informe de la forense desconcertó un poco a la comandante ya que el informe del gerente era totalmente cierto.

-¿Podemos ir a investigar a la oficina de la víctima a ver que encontramos, algo que nos lleve a algún sospechoso?, también tenemos que interrogar a sus compañeros de trabajo, ¿sabe si tenía novia, o si tenía algún conflicto con alguien?

-Tenía algunas diferencias con uno de sus compañeros, eran conflictos laborales, es más, yo no lo llamaría conflictos, yo le llamaría diferencias laborales, ya que pese a las circunstancias siguen llevándose bien, se puede decir que llevan una relación cordial, es con el hijo del jefe de botones que estaba antes que él, lo tuve que despedir por estar espiando a las huéspedes, Raúl fue quien recibió la queja y lo tuvo que reportar, a Joel que es el hijo del anterior jefe no le pareció que lo delatara, pero el simplemente hizo su trabajo, fuera de eso, no había nada extraordinario, todos estaban en competencia por el puesto, si le sirve le doy el teléfono del que era su jefe para que también lo entreviste.

Más tarde estaban los policías interrogando a todo el departamento de botones del hotel.

El inspector Córdoba estaba interrogando a Joel, el chico estaba serio, un poco afectado por la noticia, el inspector no paraba de verlo a los ojos, algo no le gustaba de lo que decía el compañero de la víctima, hablaba mal de todos sus compañeros, tenía una actitud negativa, incluso le comentó que otro compañero, José Luis le había preguntado en donde podría adquirir un arma, la quería para tenerla en su casa, la zona donde vive es de alto riesgo y últimamente no se había sentido muy seguro.

Fue entonces que se escuchó el sonido de un celular, era el teléfono de la comandante, en donde le informaban que acababan de localizar el carro de la víctima, no estaba muy lejos de ahí, comandante e inspector salieron en su patrulla rechinando llanta sobre la costera Miguel Alemán, recorrieron toda la zona hotelera, pasaron por la glorieta donde está ubicada la Diana Cazadora, subieron por la avenida Farallón del Obispo, dieron vuelta en la calle coral y justo enfrente de un hotel ahí estaba estacionado el carro de la víctima.

Momentos más tarde estaban frente al carro de la víctima, era un deportivo amarillo del año, convertible, de dos plazas, estaba muy cerca del famoso mercado de artesanías de Acapulco, a simple vista no le faltaba nada al carro, al momento de abrirlo el inspector Córdoba le dijo a su comandante…

-¡Comandante tenemos la escena del crimen!

El carro estaba lleno de sangre, los asientos, el volante, el piso, el medallón trasero, de inmediato la comandante mandó llamar a su equipo para comenzar a buscar más pistas que los llevaran al paradero del asesino.

Más tarde, ya con la zona acordonada y asegurada los peritos estaban buscando huellas digitales y todo tipo de pistas que los llevaran con el asesino, fue entonces cuando el inspector Córdoba se agachó viendo debajo del vehículo cuando vio una pieza fundamental para su rompecabezas.

-¡Comandante, al parecer tenemos el arma homicida!

-¿Qué es?

-Es un revolver, es un Smith & Wesson, al parecer calibre .38 especial, todavía tiene un cartucho útil y cinco percutidos

De inmediato la comandante tomó su teléfono para comunicarse con el médico forense

-Doctor, ¿ya tienes el calibre de las balas que mataron a nuestra víctima?

-Sí, son balas…

-Déjame adivinar, son balas calibre .38 especial

-Es correcto comandante, por su respuesta debo suponer que ya encontró el arma homicida

-Sí, te llamo más tarde

-Inspector, mande de inmediato el arma al laboratorio para que la analicen y nos puedan dar huellas digitales, número de serie, todo

-Si comandante, de inmediato.

La comandante estaba parada en la orilla de la banqueta con la vista perdida en el horizonte observando cómo el sol se comenzaba a hundir al final del pacífico, era un día caluroso, y una puesta de sol increíble, estaba inmersa en sus pensamientos, analizando paso a paso el caso, las pistas que tenían, estaba tratando de unir algún cabo suelto que los llevara con el responsable cuando ese silencio fue roto por el inspector Córdoba que le informaba que ya estaban a punto de llevarse el vehículo, ya tenían lo necesario para comenzar las investigaciones en el laboratorio.

La comandante le dio la indicación al inspector Córdoba que fuera a la casa de José Luis para interrogarlo.

-Es importante que le preguntes por qué quiere un arma, investiga también entre los vecinos cómo es él, carácter, conflictos, toda la información necesaria ya que puede ser un sospechoso importante, yo me voy al laboratorio a iniciar los primeros análisis de las pruebas que tenemos, nos vemos mañana a primera hora en la oficina para empezar con las primeras pesquisas.

-A la orden comandante

La comandante ya en el laboratorio estaba esperando los resultados de las huellas digitales que había en el arma mientras estaba empezando a armar el expediente del crimen cuando tocaron a la puerta de su oficina con los resultados de la prueba cuando sonó su teléfono.

-Comandante, tenemos un homicidio más para investigar

-¿De quién se trata?

-Es José Luis, está en su casa muerto, al parecer se suicidó, hay varias pastillas, al parecer son para dormir

-¡Voy para allá!, que nadie toque nada

La comandante abrió el sobre con los resultados de las huellas dactilares encontradas en el arma homicida, tenía un noventa y ocho por ciento de compatibilidad con las huellas de José Luis, subió a su carro y se dirigió a la casa del ahora occiso José Luis.

Sonaba el teléfono y al contestarlo se escuchó:

-Inspector Moreno, localiza a Joel y a su padre, llévalos a la sala de interrogatorios, tenemos que saber más detalles de la relación de ellos y sus compañeros, no permitas que por nada del mundo les suceda algo, cuida con tu vida la vida de esos testigos, es lo que nos queda para poder esclarecer la muerte de nuestras víctimas.

-A la orden comandante

Ya en la casa de José Luis la comandante le indicaba a la Dra. Martínez que urgía saber la causa de muerte del hoy occiso

-Comandante, con certeza le puedo indicar que esto no es suicidio, se trata de otro asesinato, las pastillas las pusieron intencionalmente en la boca de la víctima, todas están atoradas en la faringe, al no haber salivación no hay disolución de las píldoras, tengo que examinar el cuerpo para ver el motivo de muerte, también le puedo decir que por la dilatación de las pupilas y la marca de la aguja que hay en el cuello, a la víctima la drogaron, le puedo asegurar que la causa de muerte es por sobre dosis, en el laboratorio le podría decir con exactitud qué fue lo que le inyectaron, por otro lado, la víctima se defendió, hay restos de piel en las uñas, también tiene un golpe en la espinilla derecha, todo parece indicar que se golpeó con la mesa de centro, a la víctima, por las marcas que hay en la alfombra la arrastraron y la acomodaron en el sillón, yo le recomendaría que analizara el control remoto de la TV ya que está en la mesa de centro también…

-Claro, si uno ve la TV tiene el control a la mano, no lo tiene tan lejos, inspector Córdoba, recabe todas las pistas necesarias y mándelas a analizar al laboratorio, nos vemos mañana a primera hora en la sala de interrogatorios para comenzar a hablar con Joel, yo voy al hotel a darle la noticia al gerente del hotel.

-A la orden comandante.

Al recibir la noticia el gerente del hotel no podía ocultar el exalto al recibir aquella noticia, no podía creer que había perdido a dos empleados en un mismo día, y lo que más le preocupaba era la forma, por homicidio, los habían matado.

-Cómo comprenderá necesito que cualquier detalle, por mínimo que éste sea me lo haga saber, lo que sea puede llevarnos a resolver este doble homicidio.

-Cuente con ello comandante, cualquier cosa yo me pongo en contacto con usted, ahora usted me disculpará, voy con el padre de Raúl para acompañarlo en los servicios funerarios, ya que como le había comentado somos amigos de hace muchos años.

La comandante se retiró sin mediar más palabra con el gerente.

A la mañana siguiente, ya en su coche rumbo a la comandancia no paraba de pensar en el caso, estaba tratando de relacionar todas las piezas que tenía hasta el momento cuando sonó su teléfono.

-Comandante, hay algo que no cuadra, las huellas dactilares que se encontraron en el arma coinciden con las huellas de José Luis

-Y que tiene eso de raro, ya tenemos al asesino de Raúl, fue José Luis, ahora falta encontrar a su asesino

-Es que ahí está lo que no cuadra, las huellas encontradas en el revolver coinciden con las de su mano derecha, y todo indica que él era zurdo.

-¿Y cómo sabes eso?

-Todas las cosas de uso básico en su casa, controles, llaves, teléfono, utensilios de cocina, todo tiene las huellas de la mano izquierda.

-Buen punto, llámale al gerente del hotel y cítalo en la comandancia para hacerle más preguntas y ahí te veo en diez minutos.

Ya en la comandancia se dirigió la comandante a la sala de interrogatorios, ahí estaba Joel y afuera estaba su padre en espera de que también le hicieran las preguntas de rutina.

-Comandante, ya están los resultados de José Luis, y no le va a agradar lo que le voy a decir

-La escucho doctora

-Los resultados de balística salieron negativos, no había rastros de pólvora en ninguna de las manos del occiso, y como ya le informó el inspector Córdoba, la víctima era zurda, y las huellas corresponden a la mano diestra, por otro lado, la substancia que le inyectaron era heroína, las pastillas eran para dormir, ninguna tenia huellas ni nada que nos lleve a un posible asesino, y para terminar a la víctima le quedaba poco tiempo de vida ya que estaba infectado con VIH, al parecer y por los estudios realizados de la necropsia era homosexual.

-Entonces Doctora, lo que me está diciendo es que ¿fue un crimen pasional?

-No comandante, los estudios demuestran que al menos los últimos seis meses no tuvo actividad sexual con nadie, yo supongo que ya sabía de su enfermedad y no tuvo relaciones con nadie para no transmitirles el virus, y por otro lado están por traerme los estudios de adn que encontramos en sus uñas.

-Entonces por qué matarlo, por qué asalto no fue, todo parece indicar que en su casa no faltaba nada.

-Comandante, eso es algo que ya le toca a usted investigar jajaja, yo sólo soy la forense.

-Está bien, tienes razón

Ya en la sala de interrogatorios la comandante entró junto con el inspector Martínez a interrogar a Joel, estaban haciendo las preguntas de rutina cuando hubo algo que llamó intempestivamente la atención de la comandante

-Y platíqueme Joel ¿cómo fue que se hizo esos rasguños en el antebrazo?

-Fue hace dos días al entregar el equipaje de un huésped

-¿Entregando el equipaje?, a ver, suena interesante, cuénteme con más detalles por favor, tiene toda mi atención, me parece extraño que las maletas tengan uñas

-Si, al entrar a la habitación, estaba mal cerrada la puerta de la terraza, resbalé y me pegué con la puerta, así fue como me lastimé.

-Entonces no tendrás ningún problema con hacerte un examen de adn

-¿Un examen, como para qué? Preguntó Joel

-Simple rutina, por qué los nervios

-No son nervios, simplemente presiento que me están culpando de algo, o me quieren inculpar por algo, es más, quiero un abogado

-Estás en tu derecho, pero ¿Un abogado?, ¿a qué le temes?, ¿cuál es tu necesidad de un abogado?, ¿o acaso hay algo que debamos saber que no nos has dicho?

-No, simplemente no me parece que me estén culpando de algo que yo no hice.

-¿Y de qué te estamos culpando según tú?

-No lo sé, usted dígame, es más, no hablaré hasta que esté presente mi abogado.

-No te preocupes, en éste momento mando traer a tu abogado, mientras ¿gustas beber algo?, ¿agua, un refresco?

-Agua está bien.

-En un momento te la mando con el inspector.

Afuera de la sala de interrogatorios le ordenó al inspector Córdoba que en cuanto se termine el agua le lleve la botella para que examinen el adn, inmediatamente después te espero en la otra sala para interrogar al padre de Joel.

Instantes más tarde, ya interrogando al padre de Joel, intempestivamente se paró la comandante y salió de la sala de interrogatorios, por teléfono mandó llamar a un perito en balística para hacerle la prueba de restos de pólvora a Joel y a su padre, la comandante intuía que faltaba algo, no tenían las pruebas suficientes, algo no le cuadraba a la comandante, a la línea de investigación le faltaba un eslabón, pero no sabía cuál era.

Mientras tanto en el interrogatorio del padre de Joel el inspector Córdoba estaba un poco más agresivo.

-Así que platíqueme, ¿desde cuándo le gusta espiar a las huéspedes de los hoteles en los que ha trabajado?

-Todo fue un mal entendido, yo cometí el error de no haber tocado a la puerta de la habitación, además estaba en la puerta el letrero de hacer el aseo, yo pensé que no había nadie.

-Pero usted era el jefe de botones, no de limpieza, por qué decidió entrar si la limpieza no le correspondía.

-Ya le expliqué que se me cayó un pase de cortesía y se metió por debajo de la puerta, al ver el letrero de hacer la limpieza se me hizo fácil abrir la habitación para entrar por el pase, eso fue todo

-Y por qué matar a Raúl

-Yo no lo maté, de hecho él y yo nos llevábamos bastante bien, él simplemente hizo su trabajo, no le guardo ningún resentimiento.

El interrogatorio ya había durado más de tres horas, la investigación no avanzaba, la comandante se estaba poniendo de mal humor, pero seguía pensando que faltaba una pieza muy importante, es la pieza que los llevaría con el asesino.

-Comandante soy el abogado del señor Joel, si no está bajo arresto ni él ni su padre le exijo que los deje en libertad de inmediato.

Los inspectores voltearon a ver a la comandante, de inmediato dio la orden para que los dejaran en libertad.

-Comandante, ya me entregaron las pruebas de adn de la botella de Joel

-Dime que coinciden con la de las uñas de José Luis

-Negativo comandante, y también salieron negativas las pruebas de pólvora de Joel y su padre, estamos cómo al principio, no tenemos absolutamente nada.

-Inspectores, estamos buscando un culpable en las personas equivocadas.

Ambos inspectores se voltearon a ver atónitos, no sabían que estaba pensando la comandante, estaban igual de frustrados que ella, estaban esperando a que les diera la orden de algo más pero no sabían de qué.

-Solo nos queda seguir interrogando al personal del hotel, algo me dice que ya estamos cerca

-¿Se refiere al gerente del hotel?

-Y a sus compañeros también, en la investigación no hemos pensado en el personal de limpieza del hotel…

Las indicaciones de la comandante se vieron interrumpidas por su teléfono que contestó de inmediato.

Los inspectores se quedaron expectantes ante las reacciones que tenía la comandante al estar atendiendo la llamada.

-No puede ser, vámonos, suban a sus carros y síganme, tenemos al parecer otro homicidio…

-¿Ahora de quién se trata? —Preguntó el inspector Moreno-

-No pregunten y síganme, sólo les diré que acabamos de hablar con ellos

-¿Joel y su padre?

-Efectivamente

Más tarde en la escena del crimen estaban la comandante, los inspectores, la doctora, paramédicos, peritos, era un accidente muy aparatoso donde estaba involucrado un carro accidentado y recién sofocado del fuego que lo había consumido casi en su totalidad.

-Comandante, tiene que ver esto, el parabrisas tiene tres impactos de bala, son los impactos que dieron directamente en el rostro del papá de Joel.

La forense le indicó a la comandante que la causa de muerte del conductor fueron los impactos de bala, en cuanto a Joel no estaba muy segura si iba a sobrevivir, tenía quemaduras en el noventa por ciento de su cuerpo.

Varios testigos declararon que el carro en el que viajaban Joel y su padre en plena marcha comenzó a incendiarse, de hecho varios coincidieron que el fuego comenzó en la parte trasera de su coche.

-Comandante, hay un detonador en la parte de atrás del carro, esto fue lo que comenzó el incendio, lo que no me explico es por qué los disparos si ya los iban a quemar vivos…

-Para hacerlo ver cómo un accidente, lo que no contemplaron es que no se fuera a reventar el parabrisas, lo malo es que con el auto incendiado también se incendiaron todas las pruebas que se pudieran recabar de ahí.

-Todas menos una comandante

-Cual, inspector Moreno

-El detonador no se alcanzó a quemar, usaron como detonador un teléfono celular, al marcar causaría una reacción en cadena con los solventes que se prendieron de inmediato, usaron como acelerador de fuego gasolina blanca y varios solventes, en la cajuela hay un block de tickets de recepción de equipajes del hotel donde trabaja Joel.

-Según en la declaración de los dos ellos tienen un carro compacto, y éste es un sedán, aquí hay algo raro, inspector Córdoba llame al gerente del hotel, dile que lo vemos en la comisaría, tiene que contestar varias preguntas, inspector Moreno acompáñeme al hospital, quiero saber la condición de Joel, a ver si está en condiciones para poder contestar algunas preguntas.

-A la orden comandante

Ya en la comisaría el inspector Córdoba estaba ya con el gerente del hotel llevando a cabo el interrogatorio, estaba formulando las preguntas de rutina, el gerente se mostraba algo nervioso pero estaba cooperando con la autoridad, él era de los principales interesados para que dieran con los responsables de los asesinatos de su personal, quería que se hiciera justicia, conforme pasaba el tiempo había actitudes que no le eran de su agrado, tales como la prueba de la parafina y las muestras de adn que le estaban practicando, aun así él estaba cooperando, estaba afectado por ésas pérdidas de su personal, su tranquilidad se vio más afectada cuando le dieron la noticia del accidente que acababa de sufrir Joel y su padre; estaba bastante nervioso, quería que ése infierno que estaba viviendo terminara lo antes posible, quería retirarse, el inspector Córdoba podía notar el nerviosismo del gerente del hotel, no lo veía normal, sospechaba que le estaba ocultando algo.

La comandante y el inspector moreno iban saliendo de la zona de Caleta donde fue el accidente de Joel y su padre, aprovecharon para pasar a comer al famoso restaurante "Amigo Miguel", ya que después de ver a Joel no creerían que les iba a dar ganas de comer algo, ambos policías se tomaron su tiempo y aprovecharon para tratar de atar cabos sobre los homicidios que estaban sucediendo, a lo lejos se podía escuchar la música que sonaba de los distintos restaurantes y muelle cercano de aquél lugar, se escuchaban las campanadas de la iglesia que estaba a unas cuantas cuadras de ahí.

Habiendo terminado sus alimentos fueron caminando a la Costera Miguel Alemán que estaba muy cerca para comprar un par de tamarindos y de ahí dirigirse al hospital donde habían llevado a Joel.

Estaban en la sala de espera en el hospital esperando a que saliera de cirugía Joel, continuaban conversando sobre los datos que tenían para ver si entre los dos sacaban otra conclusión, el inspector Moreno estaba convencido de que el gerente del hotel tenía algo que ver, pero no tenía prueba suficiente como para poderlo culpar de algo, fue entonces que sonó el celular de la comandante, era la doctora Martínez.

-Comandante, sólo para informarle que las balas encontradas en la cabeza del papá de Joel son calibre .38 especial, al parecer de la misma arma que se utilizó para matar a Raúl.

-Doctora, eso no puede ser, ya tenemos el arma con la que mataron a Raúl, es el revolver que está en evidencias.

-Lamento informarle comandante que ésa no fue el arma homicida, estoy comparando las balas y las ocho tienen las mismas marcas, a mí también me resultó extraño ver estas similitudes y al compararlas son las mismas marcas,

-Gracias por la información doctora, estamos como al principio, sin nada.

-¿Qué pasó comandante?, ¿más malas noticias?

-Así es inspector, el arma que se usó para el homicidio de Raúl no es la que tenemos en evidencias, usaron la misma pistola para matar a Raúl y al papá de Joel

Fue entonces cuando salió de la zona de cirugía el doctor que atendió a Joel al llegar al hospital, las noticias que traía no eran nada alentadoras para los dos policías.

-Comandante, inspector; ya salió de cirugía el paciente, lamento informarle que no aguantó la cirugía, por las quemaduras y la bronco-aspiración del humo caliente el paciente falleció, se hizo todo lo que se pudo, solamente un milagro lo hubiera salvado, y de haber sido así no hubiera podido hablar, y por el impacto el paciente tenía fractura en varias partes de la cervical, lo lamento.

Fue el informe que les dio el cirujano, el inspector se llevó las manos al rostro como señal de frustración, se hizo un silencio de algunos segundos cuando en eso una voz hizo que voltearan los dos policías…

-Comandante, ¿cómo está?

Era Fabiola, la testigo que había encontrado el cadáver de Raúl en el mirador de la Quebrada que se había acercado a saludar a la comandante y al inspector.

-Señorita, ¿Cómo se encuentra, todo bien?

-Si comandante, estoy aquí por un malestar estomacal, yo creo que por algo que comí.

La comandante notó algo que de inmediato le llamó la atención y no pudo evitar poner a prueba su intuición policiaca en ése momento.

-Inspector, ¿fuera tan amable de traerme un refresco de la máquina por favor?, ¿gusta tomar algo señorita Fabiola?

-No gracias comandante, así estoy bien.

-A la orden comandante

-Y cuénteme Señorita, ¿Cómo es que se lastimó el brazo y la cara?, ¿está usted bien, alguien la atacó?

-¿Esto?, jajaja no es nada, me caí en la playa jugando con unos amigos, cosa sin importancia, y ¿ya dieron con el asesino de aquél pobre hombre que encontré en La Quebrada?

-No, todavía no, pero estamos trabajando en esto, de hecho ya estamos muy cerca de dar con los responsables de ese crimen.

-¿Los responsables?, ¿Entonces fueron varios?

-Si, por desgracia fueron varios, así como también varios asesinatos, todos están vinculados, hay personas detenidas también, de hecho a uno de ellos no le quedaba mucho tiempo de vida, de cualquier forma se iba a morir.

-¿No me diga?, ¿alguno de ellos estaba enfermo?

-Sí, no debería de platicarle nada, puedo comprometer las investigaciones que por cierto como le digo ya están avanzadas.

-No se preocupe, ¿yo en que puedo comprometer su investigación?, digo, si no me quiere platicar lo entiendo perfectamente, es simple curiosidad nada más.

-En otra ocasión si quiere, en cuanto esté resuelto el caso le podría platicar, digo si es que todavía sigue aquí en Acapulco, por qué me imagino que es turista.

-Sí, vine unos días de vacaciones.

-Me lo imaginé, por el brazalete del hotel Palapas que tiene puesto.

-Sí, ahí me hospedo.

-Justo afuera de su hotel encontramos el carro de la víctima estacionado.

-En serió, no me diga, yo ni en cuenta.

-Si fue un operativo muy discreto.

En ése momento llegó el inspector con los refrescos en la mano.

-Bueno, la dejo señorita Fabiola, tengo que ir a darle seguimiento a una de las víctimas, la tienen que cremar ya que tenía SIDA.

La comandante lo mencionó con toda la intención de ver la reacción de la señorita Fabiola; fue entonces que el semblante de la señorita Fabiola cambió y se puso muy nerviosa y no pudo evitar el llanto

-¿Todo bien?, ¿dije algo que la incomodara?

-Necesito saber cuál de los cinco tenía SIDA por favor

La comandante en ése momento supo que había dado con la asesina.

-Espere un momento, ¿Cómo sabe que son cinco? Yo nunca le dije cuántos eran.

-Yo si lo sé.

En ése momento rompió en llanto la señorita Fabiola, y comenzó a relatarle lo que había sucedido.

-Una noche antes había ido de fiesta a un bar con unas amigas, estaba algo tomada, ahí fue donde conocí a Raúl, iba él y cuatro personas más, una de ellas era el jefe de ellos, lo sé porque se dirigían a él con mucho respeto, en fin, me invitaron a su mesa, estaban festejando la despedida de uno de ellos, le habían ofrecido un mejor puesto en otro hotel y a Raúl lo acababan de ascender, me parece que le habían ofrecido una jefatura en su trabajo, a mí me había gustado Raúl, en fin, yo ya no quería seguir tomando, ya me sentía algo mareada, parecía un buen tipo, mis amigas no se en dónde estaban, les llamaba pero no me contestaban el teléfono, fue entonces que decidí irme a mi hotel, ellos se ofrecieron a llevarme, que podría ser peligroso que me fuera yo sola, pensé que tenían razón y acepté que me llevaran, pagaron mi cuenta y salimos del lugar, comenzamos a caminar hacia el coche, me decían que lo tenían a una cuadra del lugar, estaba un poco obscuro, la verdad me dio miedo, les dije que mejor llamaría un taxi, fue entonces cuando el jefe de ellos les dijo que me agarraran, entre los cuatro me agarraron, dos me agarraron de los brazos y los otros dos de las piernas, me llevaron a un terreno baldío que está atrás de aquél bar, el jefe de ellos me arrancó la ropa que traía, fue entonces que me violó, después me violó Raúl, y después Joel, ya no podía más y fingí desmayarme, escuché que uno de ellos le dijo a los demás que ahí me dejaran y que los vería al día siguiente, varios se despidieron, sólo quedamos Raúl, José Luis y yo, Raúl le dijo que lo ayudara a cargarme, que él iba a seguir la fiesta conmigo, José Luis le dijo que si pero que lo llevara a su casa primero y que después hiciera lo que quisiera, y así lo hizo, fue así como supe donde vivía José Luis, más tarde íbamos Raúl y yo en el coche, manejó como una hora aproximadamente, lo único que yo llevaba ya era mi bolsa y la parte de arriba del bikini, el resto de la ropa me la habían roto, yo siempre traigo un arma que me regaló mi papá antes de morir, él fue militar y me dijo que siempre la llevara conmigo para defenderme, cuando tuve oportunidad la saqué de mi bolsa y le disparé a Raúl, aquí la tengo, se la entrego como prueba, es una Pietro Beretta calibre .38 especial; como pude lo cambié de lugar y manejé su carro hasta la Quebrada, fue ahí donde abandoné su cuerpo, después manejé hasta la playa, me metí al mar para quitarme la sangre que tenía, después vi en la cajuela del carro y vi que el desgraciado tenía ropa guardada, tomé unas bermudas y me las puse, seguí manejando hasta estar cerca de mi hotel, fue ahí donde dejé el carro, al día siguiente me levanté temprano, y fui hasta donde había dejado el cuerpo de Raúl, tenía que dejarle las llaves del carro, pedí ayuda y llegaron ustedes, después de todo eso fui a la casa de José Luis, no fue muy difícil entrar, ya había comprado todo lo que necesitaba, el arma, las drogas, todo para que lo inculparan a él, todavía estaba dormido en la sala de su casa, lo agarré por atrás del cuello al mismo tiempo que le inyectaba la droga, fue la jeringa completa, poco a poco se fue debilitando hasta que ya no tuvo fuerza, le apliqué otra dosis de droga, quería que el maldito infeliz se muriera, destapé el frasco de pastillas para dormir y se las fui metiendo a la boca, se las empujaba con el dedo, lo moví hasta el otro sillón y ahí lo dejé, después fui a la comisaría para entregarme y confesar mi crimen, pero vi cómo llegaban el otro par de infelices, la rabia y las ganas de vengarme pudieron más, yo acabo de terminar la carrera de ingeniería química y se cómo provocar una reacción con productos químicos básicos, fui a conseguirlos a una tlapalería, como pude abrí el carro de los otros dos para poner el mechero con un detonador a distancia, pensé que no había funcionado, mi padre me enseñó a disparar, yo estaba en un local desocupado, fue ahí donde me escondí para poder activar mi detonador y como no funciono saqué mi pistola y le disparé al conductor, inmediatamente después vi que si había funcionado mi detonador químico, desde la banqueta pude ver cómo se incendiaba el carro con los dos malditos ahí adentro, vi también como llegaron ustedes y las ambulancias, en una de ellas se llevaron a uno y vine a terminar lo que había iniciado, pero me falta el principal, el jefe de ellos que fue el primero que me violó, quería saber si ya lo tenían ya que no está en el hotel, pero no me esperaba la noticia de que uno de ellos tenía SIDA, es por eso que es importante que yo sepa quién es el que estaba enfermo.

La comandante le prestó toda la atención a la declaración de Fabiola, al finalizar sólo le dijo:

-Era José Luis el que estaba enfermo de SIDA, no tienes de que preocuparte él no te violó, por otro lado tu entiendes que no es lo mismo hacer justicia que vengarse, lo que tu hiciste fue venganza no justicia, ¿entiendes que tengo que arrestarte?

Fabiola simplemente lo aceptó con la cabeza.

-Fabiola quedas detenida por el homicidio de Raúl, José Luis, Joel y su padre, tienes derecho a guardar silencio, todo lo que digas puede y será usado en tu contra, tienes derecho a un abogado, si no puedes pagarlo el estado te pondrá uno de oficio.

Dos horas después ya en la comandancia de policía al terminar el interrogatorio del gerente del hotel, éste ya se disponía a retirarse tranquilo al creer que nadie sabía lo que había hecho cuando la comandante se le paró enfrente para decirle:

-Arturo, Quedas detenido por la violación de Fabiola, tienes derecho a guardar silencio, todo lo que digas puede y será usado en tu contra, tienes derecho a un abogado, si no puedes pagarlo el estado te pondrá uno de oficio.

Fin

Las hechiceras del pueblo

Estaba llorando Lorena en la entrada de la iglesia del pueblo, es una niña de 9 años, estaba perdida, no sabía que a sus papás los acababan de matar en un asalto a mano armada en un restaurante de la zona, fue un asalto donde los asesinos entraron disparando sus pistolas hacia empleados y clientes del lugar, eran tres, dos hombres y una mujer, les pedían sus pertenencias y a los primeros clientes les disparaban sin pensarlo, los padres de la niña estaban en una mesa de la terraza del lugar, cayeron muertos al momento, una vez dentro del lugar en una mesa estaban tres policías, reaccionaron al momento abatiendo a los delincuentes, el líder de los matones fue el primero en caer al recibir un tiro en la cabeza, la mujer cayó herida con un disparo en el abdomen, el tercer delincuente cayó con dos disparos en el cuello, uno de los policías se acercó a la mujer asesina que pedía ayuda, el policía le disparó a una pierna, la mujer le decía que también tenía derechos, el policía le contestó que tenían más derechos las personas que había matado, sin pensarlo le dio el tiro final en la cabeza, momentos más tarde llegaron las ambulancias, empezaron a ayudar a los heridos, a los padres de Lorena los subieron a las ambulancias forenses en bolsas negras sin que ella se diera cuenta, ya que en cuanto llegaron la niña corrió al área de juegos infantiles, gracias a eso salvó la vida; por aquella trifulca la niña estaba buscando desesperadamente a sus padres, al no verlos dentro del lugar salió a la explanada del pueblo a buscarlos, la niña estaba desesperada, confundida, no los veía por ningún lado, la gente caminaba sin prestarle atención a Lorena, la gran mayoría de las personas estaban asustadas por lo sucedido en aquel sitio, unos ni cuenta se habían dado, entre turistas locales y extranjeros la indiferencia predominaba en ese lugar.

Un joven que vendía burbujas y juguetitos vio a Lorena llorar y al contarle lo sucedido le dijo que se fuera a la iglesia, seguro ahí la iban a buscar, al llegar decidió sentarse en una esquina de la entrada de aquella iglesia sin darse cuenta que ahí estaba una señora recargada en una de las torres del campanario, la observaba cuidadosamente, su vestimenta era sencilla, usaba lentes oscuros, se dirigió hacia la niña, trató de darle consuelo, Lorena le decía entre sollozos que no encontraba a sus papás, aquella mujer que en realidad era una hechicera, la estaba estudiando para poder realizar su fechoría; las hechiceras se sacaban los ojos y los escondían en las cenizas del fuego que hacían para comenzar sus rituales, volaban sobre los pueblos buscando a niñas para poder hacer sus malévolos planes, ya había muchas niñas desaparecidas en la ciudad, ninguna fue con violencia, todas las desapariciones se dieron por descuidos de los padres, en su gran mayoría por ir atendiendo el teléfono ya sea con mensajes de texto, llamadas telefónicas o simplemente por ir atendiendo redes sociales, ellas huelen el miedo, la desesperación y el llanto de las niñas, pero sobre todo aquellas arpías tenían como aliado la inocencia de todos los infantes de la zona donde hacían sus siniestros planes, muchas se acercaban ofreciendo algún dulce o juguete, algo que llamara su atención para poder llevársela sin que la niña hiciera ningún escándalo. Antes de cometer sus raptos pasan por un ritual en el cual se sacan los ojos, se reúnen en llanos y praderas muy cerca de los pueblos donde van a llevar a cabo sus planes, donde no levanten sospecha alguna para poder sacarse los ojos y ofrecerlos como ofrenda a la hechicera mayor, ésta las dota de poderes especiales para poder detectar a sus víctimas, entre más víctimas tengan, más juventud adquieren, de esa manera se vuelven inmortales, de lo único que tienen que cuidarse es de la mordedura de algún infante, porque a través de esa mordedura ellas pierden todos sus poderes hasta morir en poco tiempo y así liberar el alma de las criaturas que no podían descansar en paz.

Se acercan silenciosamente a las presas, se guían por el olor infantil, las risas, el llanto, el sonido de sus pasitos, las víctimas oscilan entre recién nacidas hasta los diez añitos de edad, obvio entre más grande sea la víctima más poderes adquieren; una niña de nueve años tiene fuerza, vitalidad, arrojo, atrevimiento, pero sobretodo no conocen el miedo, ésta última es lo que más atrae a las hechiceras, las vuelven temerarias y ágiles, se cree que existen hechiceras que tienen más de quinientos años y siguen con su macabro plan; la hechicera mayor y líder de todas tiene mil quinientos años, las hechiceras se ganan la confianza de los pequeños y cuando tienen oportunidad les chupan la sangre desde los pies hasta la cabeza, algunas veces las hechiceras más jóvenes las dejan vivas pero muy débiles, se logran recuperar pero son niñas muy enfermizas, débiles, les cuesta trabajo razonar convirtiéndose en adultos inseguros, con falta de carácter y decisión, son personas infelices y tienden a ser manipuladas, y las que no logran sobrevivir al momento de sacarles la sangre generalmente mueren instantáneamente, una muerte rápida pero muy dolorosa al sentir como le van succionando todo el líquido vital van sintiendo como se les escapa la vida en sólo segundos.

Aquella hechicera se acercó a Lorena a brindarle consuelo, le ofreció un algodón de azúcar sacado de la nada por arte de magia para ganar su confianza, Lorena estaba asombrada al ver cómo aquella mujer había aparecido el delicioso dulce de colores, le preguntó por qué estaba llorando, la niña le platicó que no encontraba a sus padres, estaba perdida y los estaba esperando ahí sentada para que la pudieran encontrar, aquella arpía la tomó de la mano diciéndole que le iba a ayudar a encontrarlos, ella estaba confundida pero aun así le dio la mano, lo único que quería era estar con sus papás, aquella arpía sabía que estaban muertos y que no habría nadie que le reclamara por llevar de la mano a una niña que no era de ella y menos si la niña estaba comiéndose un algodón de azúcar, iban caminando con mucha naturalidad, por momentos la niña se tranquilizaba y por momentos le preguntaba a la mujer que si ya casi encontrarían a sus padres, ella lo único que le decía era que no se preocupara, que disfrutara de su algodón de azúcar, poco a poco se iban alejando de la iglesia, la pequeña le preguntó a la bruja que porqué estaba tan fría, y porque caminaba de una manera tan extraña, la hechicera sólo le contestaba cosas graciosas; le preguntó que si le gustaría ir pintada de la cara con algún personaje que a ella le gustara, la niña le dijo que le gustaban las hadas, aquella arpía le pasó la mano por el rostro y de la nada Lorena ya estaba maquillada como un hada, Lorena sonrió y le dijo que le faltaba el traje de hada también, la hechicera le dijo concedido, le dio tres vueltas y Lorena ya estaba vestida como su hada favorita, se pararon frente a una vitrina y Lorena vio su reflejo, no lo podía creer era un hada, después de un rato la mujer le preguntó si le gustaban los conejos, la niña dijo que prefería las ranas amarillas porque eran de la suerte, la hechicera le dijo que mirara en el interior de su bolsa, había una rana amarilla, la niña estaba fascinada con su rana, después de caminar un rato más le preguntó a Lorena que si le gustaría volar, la niña después de pensarlo y según su lógica desde el cielo sería más fácil encontrar a sus padres, de inmediato contestó que sí, la hechicera le dijo que eso sería algo que harían más tarde ya que primero tenían que llegar a un lugar donde no hubiera gente para poder emprender el vuelo y así la llevaría a dar una vuelta volando, pero antes le dijo abre y cierra los ojos, piensa en un lugar bonito, la niña pensó en una feria y al momento de abrir los ojos ya estaban en una feria, había todo tipo de juegos mecánicos, música, payasos, y un desfile de princesas y hadas, Lorena no lo podía creer, estaba feliz, aquella arpía comenzaba a sentir algo extraño por la niña, tenía una sensación extraña, un sentimiento que no había sentido nunca por ninguna niña, sentía placer de poder cumplirle todos los gustos y fantasías a Lorena; le preguntó si le gustaría subirse a la rueda de la fortuna, Lorena le contestó que sí, la hechicera le dijo que cerrara los ojos, Lorena así lo hizo, y momentos después le dijo que ya podía abrirlos, los ojos de la niña se abrieron con mucha admiración, estaban en lo alto de la rueda de la fortuna, Lorena estaba tan feliz que por momentos no se acordaba de sus papás, dieron tres vueltas completas en aquella rueda de la fortuna,

Lorena le dijo que si sería posible subirse al carrusel, la hechicera le dijo que cerrara los ojos nuevamente y al abrirlos segundos después Lorena ya estaba montando un corcel blanco de verdad, aquel carrusel estaba hecho de caballos de verdad, Lorena estaba feliz, la arpía sentía que seguía creciendo un sentimiento dentro de ella, sentía un enorme placer el poder cumplirle esos deseos, Lorena le platicaba a la arpía que había visto un programa en donde estaban vestidos de vaqueros y las niñas lucían vestidos muy bonitos, la hechicera le dijo que ya sabía que era lo que tenía que hacer, la pequeña cerró los ojos y al abrirlos toda la gente estaba vestida como en el viejo oeste y lo más increíble era el vestido que ella tenía, era un vestido azul cielo y un gorro sujetado con dos listones, volteó a ver a la hechicera, la arpía le preguntó qué era lo que ahora deseaba, Lorena le dijo que si podría convertirse ella en su hada madrina y quedarse así para siempre, la hechicera dudó en esa complacencia, Lorena le pidió que se agachara, la arpía se agachó y en eso le correspondió con un beso y un abrazo lleno de ternura, la arpía no se esperaba esa reacción de la niña, Lorena volvió a insistir en que se convirtiera en su hada madrina, la hechicera sintió como una lágrima comenzó a rodar por su mejilla, le dijo a la niña que si sabía chasquear los dedos, la niña de inmediato dijo que si, aquella arpía le dijo que lo hiciera, al chasquear los dedos no podía creer lo que estaba frente a ella, era un hada madrina con un vestido largo de color rosa y con una varita mágica en la mano, Lorena dio saltos de felicidad, comenzó a gritar que tenía su propia hada madrina, la niña estaba feliz, la hechicera le dijo a Lorena que eso sería solo un secreto entre ellas dos, no le podría decir a nadie lo que estaban haciendo, Lorena contestó que si de inmediato.

Pasado un rato en aquella feria la hechicera sentía ese raro sentimiento más grande hacia Lorena, cada instante que pasaba sentía algo más por la niña, era algo que nunca había sentido y no sabía de qué se trataba, sentía que no se quería separar de aquella niña, la quería complacer en todo lo que ella quisiera, le preguntó que si no había otra cosa que ella quisiera, algo más que quisiera hacer, la niña le dijo que le gustaba mucho el mar, que si era posible ver el mar, la arpía le volvió a decir a Lorena que ya sabía que era lo que tenía que hacer, aquella niña cerró los ojos y de pronto sintió que tenía los pies mojados, al abrir los ojos tenía el inmenso océano frente a ella con una ola cubriéndole los pies, no lo podía creer, Lorena comenzó a jalar de la mano a la hechicera, le pidió que si se podían convertir en sirenas para ir al fondo del mar a ver que encontraban, la hechicera le dijo a Lorena que chasqueara los dedos, en ese momento las dos ya se encontraban nadando con delfines, iban nadando en medio de arrecifes coloridos con una gran fauna marina alrededor de ellas, todo era un sueño para Lorena, se sentía soñada, así estuvieron nadando un buen rato, al salir a la superficie Lorena le dijo a la hechicera que tenía algo de hambre, la hechicera le dijo que ya sabía lo que tenía que hacer, Lorena chasqueo los dedos nuevamente y estaban en una mesa en la playa, con toda la comida que le gustaba a Lorena, había de todo, hamburguesas, hot-dogs, pizzas, papas, pasta, aguas de todos los sabores.

La hechicera se preguntaba qué era lo que le estaba pasando, por qué tenía ese sentimiento, no es que no le gustara, simplemente se sentía rara pensaba para sus adentros,   ¿será a lo que ellos, los mortales llaman amor?, por qué ella estaba sintiendo eso hacia Lorena, era algo que no sabía si quería averiguar, lo que sí tenía claro aquella mujer es que sentía algo bonito dentro de ella al complacerla, pensaba si yo puedo hacer esto por ella y no me cuesta nada, ¿por qué no hacerlo?, fue entonces que Lorena le dijo a la hechicera que la quería mucho, no le gustaría que se separaran nunca, que cuando encontraran a sus papás les pediría permiso para ver si podría vivir con ellos, sería fantástico, la hechicera en ése momento sintió ganas de llorar, Lorena le preguntó a la hechicera que si podían seguir buscando a sus papás, ya era tarde y deben de estar preocupados, la hechicera le preguntó a Lorena que si le gustaría volar, la niña de inmediato contestó que sí, le dijo a la arpía que así sería más fácil su búsqueda de sus padres desde el cielo a lo que la arpía con una risa socarrona aceptó, mientras tanto seguían caminando por aquella playa con rumbo a las afueras, a un lugar seguro para poder emprender el vuelo prometido; Lorena se había puesto nerviosa por qué sería la primera vez que volaría, pero también entendió que era la única esperanza que tenía para poder encontrar a sus padres, la hechicera le dijo a Lorena que saltara junto a ella con todas sus fuerzas s la cuenta de tres, tenían que contar juntos, la niña gustosa aceptó, juntas empezaron a contar uno, dos, tres, la hechicera y la niña brincaron con tal fuerza que comenzaron a emprender el vuelo, Lorena por un momento sintió miedo y se abrazó de la arpía, la mujer le dijo a Lorena que se tranquilizara mientras le acariciaba el cabello, ella no iba a permitir que nada malo le sucediera, la niña confió en ella y la soltó, iban volando de la mano, Lorena comenzó a ver la playa desde las alturas, vio como delfines y ballenas brincaban en la misma dirección de ellas, junto a ellas comenzaban a juntarse gaviotas y pelícanos, momentos más tarde ya estaban volando sobre la selva, Lorena podía ver las copas de los árboles y algunos animales, seguían avanzando, Lorena sentía el viento fresco en su rostro, iba con los ojos cerrados pensando en el pronto encuentro con sus padres después de un día lleno de emociones, la hechicera le enseñaba desde las alturas lo majestuosa que se veía la ciudad por la que iban pasando, Lorena estaba feliz, le agradaba ver las luces de la ciudad desde las alturas, ver cómo los carros se movían, así fue como atravesaron la ciudad, estaba asombrada, la inocencia de la niña no daba crédito a lo que estaba sucediendo, le preguntó que cómo lo había hecho, la arpía contestó que era un truco de magia, que no le podía revelar su secreto porque entonces se perdería la magia, mientras más se elevaban aumentaba la velocidad del vuelo, y fue así que empezaron a sobrevolar el lugar, la niña buscaba emocionada a sus papás, la hechicera en el vuelo le comentó a la pequeña que ya sabía dónde estaban, en pleno vuelo cambió la ruta y se dirigió a un campo despoblado, donde le comentó que ahí estarían sus padres, al llegar, la niña no los veía por ningún lado, la hechicera le dijo que los iba a aparecer con magia, así que tenía que cerrar los ojos, Lorena lo hizo sin pensarlo, el rostro de la hechicera se empezó a transformar, de sus ojos comenzaron a escurrir algunas lágrimas, sabía que esa era la despedida, de su enorme boca salieron tres líneas de dientes filosos y puntiagudos, de manera suave y tierna le mordió el cuello a la niña que al mismo tiempo empezó a sentir dolor y debilidad, cuando de pronto Lorena vio una luz muy brillante y al final de ella estaban sus papás esperándola, la pequeña corrió a sus brazos y al llegar se abrazaron con mucho amor, todo era felicidad en la familia, la hechicera en ese momento al ya no sentir rastro de sangre en el cuerpo de Lorena le dijo "Duerme tranquila bebé el día de hoy me enseñaste lo que ustedes llaman amor y de verdad que es agradable ése sentimiento, ahora ve con tus papis y sé feliz, muy feliz".

FIN

El callejón del romance

Empezaba a asomarse el sol por la ventana, la temperatura corporal de Jessica estaba subiendo conforme avanzaba la mañana, el cuerpo semidesnudo de esta mujer como todos los días empezaba a adquirir un tono rojizo por la aquella calidez del astro rey que depositaba en su tez blanca, las pecas de la cara se marcaban en cada momento un poco más, ella vivía sola en aquella casa de adobe situada en el callejón del romance, muy cerca del centro de Morelia, era un conjunto de casas construido a finales del siglo XIX, por el mismo material que se construyeron eran casas muy cálidas, más en primavera, por fin decidió levantarse de la cama para tomar un baño fresco, ya en la ducha se estaba enjabonando aquel cuerpo de diosa del cual ella se sentía orgullosa, sentía como le escurría el agua tibia por aquel busto firme, por esas piernas muy bien torneadas, por esa cintura que era dueña de muchas miradas en el día a día, cuando de la nada sintió un ligero soplido en la nuca que hizo que la piel se le pusiera de gallina, fue inevitable soltar un grito ante aquella sensación escalofriante, como pudo se quitó el jabón del rostro y se dio cuenta que estaba sola en el baño, apuró a terminar aquella ducha placentera que estaba tomando, momentos más tarde ya en su recamara se estaba cepillando el cabello, únicamente traía puesto su ropa interior, observaba en el espejo como un conjunto de pecas bajaba por aquel busto del cual ella se sentía orgullosa cuando inevitablemente sintió una mirada incómoda, no encontraba algúna explicación lógica a aquellos sentimientos que ya venía sintiendo días atrás, y es que existe la leyenda de un acaudalado personaje del siglo XIX llamado Don Juan, cuenta la leyenda que vino a hacer fortuna a la Nueva España y llegó a Valladolid, ahora conocida como Morelia, se enamoró de una chica, Leonor, el padre de aquella doncella le negó la mano de su hija ya que Don Juan era un usurero abusivo y dejó sin vivienda y sin tierras a muchas familias en aquella época, Leonor vivía muy cerca de aquel callejón, justo donde está el famoso acueducto de Morelia, Ambos personajes estaban enamorados, pero Don Juan al no poder obtener la mano de su amada estalló en ira matando a toda la familia de su amada, se dice que los padres de Leonor antes de ser asesinados la dejaron encerrada en su habitación, Don Juan al momento de escapar de aquel lugar un grupo de personas enardecidas por aquél atroz crimen lo siguió y lo ejecutaron sin ninguna piedad, no sin antes jurar a toda la gente que tomaría venganza ante esos hechos, la gente ignoraba el paradero de Leonor, nadie sabía que estaba encerrada en su habitación, después de varios días pudo abrir un pequeño orificio donde sólo podía sacar su mano para poder pedir una caridad, la gente que pasaba por ahí la ignoraba, hasta que el día que murió se juró a ella misma que encontraría a su amado en otra vida y serían felices por toda la eternidad. Jessica ignoraba que aquella vivienda perteneció a Don Juan, y obviamente no sabía de aquella leyenda, ni del peligro que estaba a punto de enfrentar.

Empezaba a obscurecer cuando aquella sensual mujer estaba llegando a su casa, a lo lejos de aquel callejón vio una sombra, que empezaba a caminar a ella, sintió miedo, cuando al fin logró entrar a su casa, aventó las llaves a una mesa y de inmediato se asomó por la ventana, lo único que logró ver fue aquella sombra que siguió de largo por la calle, a lo lejos logró observar como la sombra desapareció sin más.

Ya en su recamara, cansada después de un día de trabajo bastante pesado, se estaba despojando de aquel vestido entallado, se quitó el sostén y se tiró en su cama, así sin más, hacía mucho calor, cuando poco a poco se fue quedando dormida. Ya entrada la noche Jessica empezó a sentir una caricia bastante agradable alrededor de su busto, otra más en aquellos muslos bien torneados, se dibujó una sonrisa en la boca, en su inconsciente no sabía si era realidad o un sueño, el caso es que empezó a sentir un gran placer, aquellas caricias fueron subiendo de intensidad y justo antes de poder alcanzar un placentero éxtasis escuchó un murmullo que le decía, oh mi amada Leonor, fue en ese momento que salió un grito de lo más profundo de su ser, un grito no de placer, de miedo, fue en ése momento que despertó toda angustiada, desesperada, confundida, no sabía lo que estaba sucediendo, se sentó en la orilla de la cama, con respiración acelerada, pero con un pequeño sentimiento de placer aún, así como estaba decidió meterse a la regadera a darse un baño de agua fresca, necesitaba bajar esa sensación de lujuria que le había dejado aquel sueño, ya en la regadera, fue inevitable recordar lo que momentos antes había soñado, la temperatura corporal empezó a subir nuevamente pues inconscientemente ella estaba terminando lo que había comenzado en aquel sueño pero ya en la realidad, sus manos estaban tocando los puntos más vulnerables en su cuerpo, los más sensibles, el placer se intensificaba en cada momento, ella sabía perfectamente lo que tenía que hacer, en qué momento ir rápido, en qué momento ir más despacio, ése sueño la había dejado como un volcán en plena erupción, hasta que logró, por propia mano dejar dormido aquél volcán, pero Jessica ignoraba el peligro que corría, ya fuera de la regadera, en su cama, ya relajada decidió acostarse como había llegado al mundo, y así, sin más, se quedó dormida, ya entrada la madrugada aquella sensual mujer abrió los ojos y sintió tremendo golpe en el rostro que la dejó totalmente desorientada, no sabía lo que estaba sucediendo, estaba llorando, cuando en medio del silencio sólo escucho una voz que le decía aléjate de mi amado Don Juan, Jessica estaba confundida y aterrada, sólo dijo quién eres, déjame en paz, y soltó en llanto hasta quedarse profundamente dormida.

A la mañana siguiente, arreglándose para salir a sus labores, frente al espejo notó la marca de una mano en su mejilla, se empezó a sobar, una lágrima brotó del ojo, tenía ojos marrones muy expresivos, alcanzó a ver de reojo la silueta de una mujer parada en la esquina de su recamara, instintivamente se paró de un solo movimiento y no podía creer lo que estaba viendo, una mujer, ahí parada, con el rostro cubierto por un velo blanco, Jessica, con la cara a medio maquillar y aún en ropa interior empezó a cuestionar a aquel ente, quien eres, que quieres de mí, porque me estás acosando, aquel ente lo único que hacía era mover la cabeza de un hombro a otro, como tratando de entender lo que le estaba diciendo, Jessica sentía que se estaba volviendo loca, no daba crédito a lo que estaba viendo, aquél ente empezó a desplazarse hacia ella, se quedó muda, no podía articular palabra alguna, estaba inmóvil mientras veía como se le acercaba aquel ente, la puerta de su recamara se empezó a abrir muy lentamente, aquel ente y Jessica al mismo tiempo voltearon a la puerta, Jessica no podía creer lo que estaba viendo, no sabía si era sueño o realidad, una sombra apareció por aquella puerta, sólo se escuchó una voz áspera que decía, oh querida Leonor, he venido por ti, Jessica instintivamente volteó a ver aquel ente, ya no estaba, preguntó quién eres, que quieres de mí, cuando fue interrumpida por aquella voz diciendo, no me reconoces amada mía, soy yo, tu amado Don Juan, he venido por ti, ya podremos estar juntos, cuando Jessica interrumpió, yo no te conozco, déjame en paz, yo no soy esa Leonor que dices, ya te arrepentiste de nuestro amor, dijo Don Juan, de mí nadie se burla, yo pedí tu mano, y no me interesa que tus padres se opongan a nuestro amor, no me niegues o te arrepentirás, dejaré ir toda mi ira en ti, si no eres para mí no serás para nadie, al mismo tiempo sacó una daga, Jessica no sabía qué hacer, se pegó a la pared y sin darse cuenta se estaba acercando peligrosamente al alma de Leonor que ya la estaba esperando dispuesta a acabar con ella, estaba llena de celos, y sin más entró al cuerpo de Jessica, todo para poder comunicarse con su amado, amado Juan, te he esperado por mucho tiempo, ven a mí, la daga que traía Don Juan cayó al piso, corrió a abrazar a su amada que estaba ocupando el cuerpo de Jessica como un médium, ambas almas se estaban fundiendo en un beso apasionado, con una mano Don Juan empezó a recorrer el busto de Jessica, acariciándola con mucha ternura hasta lograr poner los pezones erectos, Leonor no paraba de besarlo mientras con sus manos se despojaba de aquél sostén y quedó el busto al descubierto, eran unos senos perfectos, firmes, lucían como piel de durazno, mientras Don Juan con la otra mano empezó a acariciar aquellos muslos bien torneados al mismo tiempo que decía oh mi amada Leonor, eres perfecta, los dedos de Don Juan acariciaban aquellos muslos hasta lograr poner la piel erizada de Jessica, aquellas manos empezaron a recorrer el cuerpo perfecto de Jessica, una mano se paseaba por ambos senos firmes, recorría peca tras peca, incluso acariciaba el lunar que tenía en uno de ellos, era un lunar del cual Jessica se sentía orgullosa, un lunar muy sensual en el lugar perfecto, mismo que Jessica siempre buscaba la manera de presumirlo con escotes muy sensuales, mientras con la otra mano recorría el camino perfecto al placer, al punto del éxtasis total, ambos espíritus estaban a punto de llegar al clímax, cuando de pronto toda esa pasión se vio interrumpida por el timbre de la casa, ambos espíritus se desvanecieron, Jessica cayó sobre su cama casi inconsciente, no entendía nada de lo que estaba sucediendo, minutos más tarde se levantó y se vio en el espejo, sin ropa, no podía dar crédito a lo que le estaba sucediendo, tenía un sentimiento de clímax combinado con miedo cuando a través del espejo vio en el piso aquella daga, no sabía si levantarla o no, volvió su mirada al espejo y aún podía observar la piel de sus senos erizada todavía, estaba totalmente confundida, no sabía si vestirse, aún llena de miedo sentía aquel clímax, a pesar de que durante aquel momento no entendía nada, tenía sensación pero no supo qué fue lo que pasó, lo único que recordaba era aquella sombra que la amenazaba con aquella daga, y de ahí ya no podía recordar nada hasta que cayó en la cama, se sentía confundida, muy asustada, no podía sacar de su mente aquellos espíritus, no entendía por qué estaba totalmente desnuda si ya se había puesto la ropa interior, decidió bañarse nuevamente, esta vez con agua helada ya que las piernas no le paraban de temblar, se arregló a toda prisa y se dirigió al trabajo.

Ya empezaba a caer la tarde y Jessica caminaba por el centro de Morelia, tenía una sensación muy extraña, tenía miedo de regresar a su casa pero al mismo tiempo no podía negar que ante esos acontecimientos, en medio de todo ese terror que sentía también sentía placer, era incluso un placer muy extraño, distinto, no sabía por qué, pero sentía mucho placer, no sabía que era más fuerte, si su placer o su miedo, ya empezaba a obscurecer, se dirigía a su casa, al llegar a aquél callejón a lo lejos volvió a ver aquella sombra, sintió miedo, pero también sintió curiosidad, estaba confundida, sentía una atracción extraña a esa sombra, conforme se fue aproximando a ella decidió entrar a su casa, tenía la respiración muy agitada, pero esta vez no fue por temor, fue por un placer muy extraño, notó una humedad en su cuerpo muy placentera, sin más se dirigió a su recamara pero esta vez fue directo a darse un baño, no podía evitar pensar en ese par de espíritus que la estaban atormentando, fue entonces cuando se dio cuenta que el espíritu de Leonor le daba mucho miedo, pero el espíritu de Don Juan le provocaba cierta atracción, por aquellas sensaciones placenteras que le provocaba, cada vez que veía esa sombra estaba excitada, eso, muy en sus adentros le agradaba, pero Leonor le provocaba mucho miedo, no quería salir del baño, más tarde se dio valor y salió, sólo envuelta en una toalla, se recostó en su cama, tenía la mirada perdida en el techo, no quería voltear a ningún lado, cuando sucedió lo que ella ya sospechaba, frente a ella estaba el espíritu de aquella mujer, vestida de blanco con el rostro cubierto por un velo blanco, no podía verle el rostro, Jessica estaba paralizada, sentía que iba a morir de miedo, el espíritu de Leonor se aproximó a ella, esta vez logrando poner su mano en el cuello, sentía que le empezaba a faltar el aliento, sentía mucho dolor, de un movimiento alcanzó a quitarle el velo a Leonor, vio su rostro, era un rostro horrible, tenía la piel pegada a los huesos, dientes negros, pero lo más espeluznante eran los ojos negros sin vida de aquél espíritu, Leonor logró comunicarse con Jessica, la estaba amenazando, le decía que se alejara de su amado, era sólo de ella, o pagaría las consecuencia de su atrevimiento, Jessica estaba llorando, no entendía lo que estaba sucediendo, Leonor desapareció, Jessica se quitó la toalla húmeda y al poco rato se quedó dormida.

Justo a las tres de la mañana, la hora en que los espíritus y entes suelen aparecer en las habitaciones de las personas, se sientan a observarlos, Jessica abrió los ojos ante la sensación de sentirse observada, justo frente a su ventana estaba la sombra de Don Juan, la estaba observando como reposaba su cuerpo perfecto sin ropa, Jessica instintivamente se cubrió con su sábana, solo escuchó aquella voz áspera que le decía que pronto estarían juntos para siempre, la sombra desapareció, Jessica estaba asustada, pero al poco rato empezó a quedarse dormida, el sueño se le espantó al sentir como aquella sábana empezó a deslizarse muy lentamente hacia el piso, no sabía lo que estaba sucediendo, tenía mucho miedo, no podía moverse, de reojo volvió a ver a aquella mujer parada justo frente a su ropero, la sábana seguía cayendo, Leonor no dejaba de observarla, Jessica no dejaba de pensar que era sólo un mal sueño, que esto por la mañana iba a terminar, cuando de un solo movimiento Leonor volvió a entrar en su cuerpo, y justo junto a Jessica, en su cama se encontraba Don Juan, dispuesto a llevarse esta vez para siempre a su amada Leonor, Jessica esta vez estaba semiinconsciente, podía sentir las caricias que le daba Don Juan en el busto, en su vientre, Jessica podía sentir la humedad de su cuerpo, pero esta vez sentía miedo de que el espíritu de Leonor no pudiera salir de su cuerpo, sentía un enorme placer, Jessica estiró la mano y sintió la imagen de la virgen que tenía en su mesita de noche, como pudo la tomó y la puso en su pecho, Leonor salió en ese momento de su cuerpo, desapareció de la recamara, pero el espíritu de Don Juan seguía haciendo de las suyas, estaba confundida, no sabía qué hacer, en ese momento dejó de sentir miedo, sólo sentía placer, no quería abrir los ojos, sólo se limitó a sentir, a disfrutar del momento, podía sentir aquellas caricias en su pecho, en sus piernas, esta vez sintió como el espíritu de Don Juan fue más allá, ella le permitió seguir, nunca con ningún mortal había sentido tanto placer como con el espíritu de Don Juan, llegaron al clímax total los dos al mismo tiempo, al voltear a ver a Don Juan, éste ya no se encontraba, Jessica, después de algunos minutos se sentó en su cama, se sentía confundida y satisfecha al mismo tiempo, se puso de pie y de su bolso sacó un cigarro, jaló una silla, abrió la ventana y disfrutó de aquel cigarro, estaba sonriendo, al terminarlo se metió a su cama y durmió plácidamente.

Al despertar después de su baño vio en su mueble aquella daga, era una daga antigua, la estaba observando, y decidió ponerla en su bolso, sacó la deducción de que si Don Juan iba a terminar con la vida de Leonor con aquella daga, ella lo haría, salió de su casa un poco más temprano de lo acostumbrado y se dirigió a la catedral de Morelia, estaba muy cerca de su casa, entró a la catedral y se dirigió directamente a la pila de agua bendita, parada frente a aquel líquido sagrado después de un rato de meditación sacó la daga de su bolso, la sumergió en el líquido bendito diciendo que esta daga me iba a librar de todo mal espíritu o ente maldito que intentara atentar nuevamente contra ella, dijo en voz baja unos rezos, la sacó y la volvió a guardar en su bolso, salió de aquel recinto sagrado y se dirigió a sus labores.

Ya entrada la noche se dirigió a su casa directamente, observó, como en los días anteriores aquella sombra que pareciera que la estaba esperando cada día, esta vez no la esperó, se metió a su casa, se sentía segura, traía aquella daga ya bendita en su bolso, como cáda noche, se duchó, esta vez muy tranquilamente, ya no sentía miedo, esta vez sentía nervios solamente, salió como de costumbre envuelta en su toalla, se sentó frente al espejo, de reojo volvió a ver el espíritu de Leonor, se puso de pie, se sentía extremadamente nerviosa, Leonor se empezó a acercar a Jessica, estiró las manos para atacarla, Jessica sin pensarlo metió la mano a su bolso y en un solo movimiento sacó la daga bendita, con un solo movimiento la pasó por el cuello de Leonor, después se la enterró en el vientre, se escuchó un lamento, el vestido de Leonor cayó humeante al piso, Jessica sin pensarlo dos veces levantó aquella vestimenta, se dirigió al patio trasero, la roció con solvente y la quemó, regresó a su cuarto, se quitó la toalla, se postró frente al espejo, con tranquilidad, después de haber acabado con el espíritu de Leonor, cepilló su larga cabellera, se puso maquillaje a discreción, un poco de perfume, al final puso la daga bendita en su mesita de noche, se paró frente a la ventana, disfrutó de un cigarro observando la luna que lucía radiante esa noche, una vez en su cama no pudo evitar poner su mano en uno de sus senos y mientras acariciaba aquel lunar sensual que tenía no dejaba de observar la daga que estaba en su mesita de noche, el sueño la venció.

Esa misma madrugada a las tres en punto Jessica volvió a sentir aquella presencia, sin abrir los ojos, sintió como el espíritu de Don Juan se postraba en su cama, Jessica empezó a sentir aquellas caricias en el busto, en la parte interna de sus muslos, sentía como los pezones empezaban a erguirse producto de la excitación que sentía, volteó a la mesita de noche, observó la daga, estiró la mano e instintivamente abrazó el espíritu de Don Juan, no lo podía evitar, sentía un placer incontrolable, nuevamente llegaron juntos al clímax, Don Juan había desaparecido, Jessica estaba aún en clímax y cayó profundamente dormida.

Y así, cada noche Jessica llega a su casa de trabajar, observa cómo Don Juan la está esperando al final del callejón del romance, se ducha, cepilla su cabello, se maquilla discretamente, se pone un poco de perfume, con aquel cuerpo perfecto como el de una diosa se acuesta cada noche para esperar con su lecho enardecido a su amante perfecto Don Juan a la hora de siempre, las tres de la mañana, hora en que se aparecen los espíritus, entes, demonios, que se ponen a observar a las personas mientras duermen, sin mencionar que si los quieren observar mejor hacen que se levanten de su cama a beber agua o para ir al baño.

Fin

La teniente de la rosa en la rodilla

Salía el agua tibia de la regadera, el vapor empezaba a empañar el espejo del baño, mientras la teniente de policía Laura Reyes se estaba quitando la ropa para darse un baño después de haber terminado su turno, hace una pausa se queda observando la cicatriz que le había quedado en la rodilla, era una cicatriz causada por evitar un crimen hacía poco más de un año, fue en el verano pasado, estaba en un caso de encubierta, había logrado infiltrarse en una banda de falsificadores de billetes y venta de productos apócrifos, le venían siguiendo la pista desde hacía poco más de dos años, el caso se lo habían asignado a su comandante Alejandro Jardón, mismo que la mandó llamar por su impecable carrera dentro de la corporación y por sus estudios, ella estaba graduada como psicóloga, tiene una maestría en perfiles criminales, el comandante Jardón tenía una carrera en derecho, una maestría en criminalista, era su compañero y pareja sentimental el subteniente Carlos Ibarra, él tenía una carrera en Humanidades con una especialidad en programación neurolingüística.

Ya eran tres los municipios que estaban inundados de billetes falsos, eran billetes de baja denominación, muy bien hechos, casi perfectos, los billetes pasaban todas las pruebas de seguridad, lo que tenían en común era que todos tenían el mismo número de serie, la única diferencia es que en cada municipio cambiaba el número, todos eran utilizados en zonas de alto poder adquisitivo, en el primer municipio el fraude alcanzó la cantidad de cinco millones de pesos, en el segundo alcanzó un fraude por seis millones y medio de pesos, en el tercero el fraude ya iba en los cuatro millones de pesos, ya tenían bien ubicados a tres sospechosos, les iban siguiendo la pista sin levantar sospecha alguna, ya que el objetivo era dar con el líder de la banda, la fábrica de billetes, los sospechosos eran jóvenes de entre veinticinco y treinta años, vestían ropa y accesorios de marca, acostumbraban entrar a tiendas departamentales, joyerías, restaurantes de lujo, siempre se movían en autos promedio para no levantar sospechas.

Después de varios meses de investigación y dado que los billetes circulaban rápidamente y por obvias razones, salían de los municipios donde empezaron a circular, la teniente Reyes después de un análisis profundo en los billetes detectó que iniciaron en el municipio de Atizapán ya que esos billetes, todos, tenían el número de serie A01352930, los del segundo municipio que era Huixquilucan porque tenían el número de serie H03752760, se dieron cuenta que ya habían iniciado en otro municipio, todo apuntaba que era el municipio de Metepec porque el número de serie era M05452150.

El comandante no estaba asombrado del talento de la teniente Reyes, dado al meticuloso estudio a cada billete hecho, mientras que el subteniente Ibarra le seguía la pista a los sospechosos, eran dos hombres y una mujer, los tres, ya se movían de una forma muy predecible para el subteniente Ibarra, desde su forma de caminar, los ademanes con las manos, la forma de ver los aparadores, lo más importante la forma de comunicarse entre ellos con ciertas miradas, distintas señales con movimientos, hasta en la forma de vestir, en este último siempre portaban algo que los distinguía, era un accesorio con la misma figura, ya tenían los datos de los trapaceros registrados, solo estaban esperando la indicación del comandante para poder detenerlos y poder interrogarlos.

El comandante había analizado los informes de su equipo, tanto en la descripción de los billetes como los movimientos de los sospechosos, Le parecía increíble lo que los cacos estaban haciendo, tal parece que les estaban indicando su próximo paso, cada número de serie de los billetes le indicaban la inicial del municipio, el número de municipio y el código postal donde iban a realizar el cambio de billetes, el proceder de éstos mixtificadores era muy peculiar, con respecto a su forma de actuar y de vestir, siempre portaban un collar o una pulsera con una oz, vestían con ropa de diseñador, aunque la mercancía apócrifa la distribuían en bazares populares y mercados sobre ruedas, en grandes cantidades, donde el subteniente Ibarra junto con la teniente Reyes detectaron a un nuevo integrante de la banda, se dieron cuenta porque iba acompañado de la mujer que también cambiaba los billetes, los observaron bajándose de un auto clásico de la década de los 60's, era un flamante deportivo color negro con franjas plateadas, rines de rayos, llantas anchas con cara blanca.

La teniente Reyes decidió en ese momento acercarse a los sospechosos, se acercó al conductor para preguntarle si traía su deportivo una máquina 355 de 8 cilindros en V a lo que el conductor con mirada atónita ante semejante personalidad de la mujer rubia que le hizo semejante pregunta a la cual de inmediato despojándose de sus gafas obscuras aceptó agregando que es un modelo GT 500 edición especial y extendiendo su mano de inmediato presentándose como Manuel Calleja y presentando a su acompañante como Linda Tinoco, esta última una mujer con una presencia y personalidad que impactan a cualquiera, misma que descendió del vehículo lanzándole una mirada de arriba abajo, de esas miradas que fulminan más que un revolver mágnum 44.

Después de varios minutos de conversación sobre el vehículo Manuel la invitó a tomarse un café en una cafetería a unas cuantas cuadras de ahí, a lo que después de pensarlo por unos minutos la teniente Reyes aceptó, después de pactada la hora de la cita la teniente Reyes se retiró del lugar sin antes dedicarle unas palabras cordiales a Linda que no perdió ninguna oportunidad en demostrarle un rechazo absoluto por el atrevimiento que se dio ante su acompañante ya que ella sentía algo más por Manuel, Linda es una mujer de mediana estatura con cabello rubio y ojos verdes, ella generalmente viste de color negro, con una personalidad digna de voltear a verla en cualquier lugar a donde llegara, ya que ella se encargaba de captar la atención de los encargados de los lugares en los que hacían los timos con los billetes en los distintos centros comerciales.

Horas más tarde se escuchó el timbrado de un teléfono, era el de la teniente Reyes, ante las miradas de asombro del subteniente y del comandante ella comenzó a entablar una conversación dando indicaciones de que empezaran a rastrear la llamada, a lo que de inmediato en la comandancia empezaron a activar todos los dispositivos necesarios para ver desde donde provenía la llamada del interlocutor de la teniente, ella con un tono de voz dulce y hasta cierto punto de flirteo con toda la intención de alargar la llamada para poder rastrearla el subteniente no podía ocultar los achares que sentía por la forma de hablar de su pareja sentimental, cuando al fin dieron con el origen de la llamada; se situaba en el interior de unas bodegas de un centro de abasto de un mercado popular en el Estado de México, después de casi cincuenta minutos de conversación cortó la llamada la teniente informando de inmediato que se confirmó una cita con el líder de la banda en un café de una zona exclusiva del área de Atizapán dentro de algunas horas.

De inmediato ella solicitó a su superior un carro con ciertas características de un auto deportivo clásico de los años 80's para poder así de una manera más sencilla encajar con su ahora cortejador Manuel Calleja, a lo que de inmediato el subteniente Ibarra se opuso por la peligrosidad del caso, cuando lo interrumpió de inmediato el comandante argumentando que no interpusiera sus intereses sentimentales en este caso, es muy importante darle el seguimiento necesario a este logro de la teniente Reyes ya que había logrado un acercamiento muy importante con el líder de la banda, a lo que accedió de inmediato a la petición de la teniente, le ordenó al subteniente la búsqueda en carácter de urgente un automóvil clásico de los años '80's.

Gracias a los contactos del subteniente Ibarra logró adquirir uno de los autos deportivos más apetecidos del mundo en la década de los '80's, su nombre era alusivo a un Dios de la India que simbolizaba la acción, el poder, la belleza y la juventud, era un 5,0 litros (305 CID) HO V8 con 190 caballos de fuerza de un color dorado con el águila en el cofre y convertible, sin olvidar los clásicos rines de aluminio que empezaban a ocuparse en la época y con unos headers que con sólo oírlos imponían a cualquiera respeto por la potencia que reflejaba.

Mientras tanto el comandante le giraba instrucciones a la teniente de cómo lograr infiltrarse a su organización y empezar a rastrear no solo a las cabezas de aquella organización si no también ubicaciones, procedencias del capital, maquinaria recursos, incluso personal coludido de cualquier ámbito, ya sea público o privado, cuando de pronto las instrucciones se vieron interrumpidas por el rugir de un potente motor, producto de la adquisición del subteniente Ibarra de aquel poderoso ejemplar que le había encargado el comandante, a lo cual ambos personajes quedaron atónitos por semejante obtención digno de exposición en cualquier museo.

Algunas horas más tarde en la terraza de aquél café ya se encontraba Manuel, con aquella tranquilidad que le distinguía, encendiendo un cigarro, atendiendo algunos mensajes en su móvil cuando su atención y la de los demás comensales de aquel lugar fue acaparada por un potente rugir de un motor V8, Manuel lo único que hizo fue levantarse las gafas obscuras que portaba y dibujar una sonrisa pícara dirigida a la imponente mujer que lucía tremendo vestido ajustado con un escote pronunciado y dejaba ver una figura espectacular en aquella mujer, que manejaba aquella joya de automóvil que de inmediato fue el punto de conversación de todos los comensales del lugar al ver bajar a aquella mujer.

Minutos más tarde Manuel y Laura después de un saludo cálido y algo efusivo y que ninguno de los dos ocultaron esa atracción del uno por el otro, se encontraban conversando de la pasión de ambos personajes, los carros, después de un par de horas y varias tazas de café ya entrados en un poco más de familiaridad Manuel entre coquetería e interés de estar más tiempo con aquella mujer empezó a preguntar por su profesión, a lo que ella ya esperaba ese tipo de cuestionamientos por parte de él le empezó a explicar que ella es una broquer de negocios de todo tipo, busca necesidades en sus clientes que ella pueda cubrir, desde productos, servicios, hasta contratos entre varios clientes para cubrir alianzas estratégicas entre varios negocios para fusión de distintos tipos de negocios, evidentemente este tipo de cosas llamaron de inmediato la atención de Manuel ya que se ajustaban perfectamente a las necesidades de petardista de él y su organización criminal a lo cual no dudó ni un segundo en concretar otra cita con Laura para el día siguiente a lo que ella quedó en confirmarle al otro día temprano.

Entre el ruido de las máquinas contadoras de billetes se escuchó el timbrar de un móvil que de inmediato fue contestado y sólo se escuchó el pacto de una cita, que Linda por supuesto desaprobó con una simple mirada, Manuel lo único que hizo fue encargarle la contabilidad de los billetes ya que ese día por la tarde los tenían que empezar a distribuir en la zona correspondiente, acto seguido sólo se escuchó cerrar la puerta, el rugir del motor de su coche, momentos más tarde ya se encontraba en un pequeño restaurante donde Laura ya lo aguardaba leyendo un libro de finanzas, acto seguido del saludo se dispusieron a degustar de un desayuno de tres tiempos hablando de trivialidades, momentos más tarde Manuel encontró las palabras precisas de ofrecerle un lucrativo negocio en la comercialización de productos a gran escala, mismo que Laura empezó a mostrar un cierto interés paulatinamente, ella empezaba a analizar la forma de enganchar a Manuel en un negocio a gran escala, hasta que a ella se le ocurrió proponerle distribuir bolsos y accesorios para dama a gran escala a nivel nacional en distintos lugares, argumentando que tenía el contacto con principales distribuidores de mercancía en toda la república.

Mientras tanto el comandante y el subteniente se estaban dando a la tarea de crear los documentos necesarios para que Laura pudiese mostrarle en su momento a Manuel el tipo de contactos con los que contaba y así poder llegar a consolidar ventas a gran escala, para así poder dar con los principales líderes de la distribución, importación, exportación y fabricantes de productos apócrifos dentro del territorio nacional y poder crear condiciones de compra-venta con condiciones muy favorables para poder enganchar a Manuel y socios en esta trampa para poder detenerlos.

Mientras tanto Linda se estaba dando a la tarea de investigar a aquella mujer que la estaba desplazando de Manuel, ya que ella intuía algo muy extraño en aquella rubia que de pronto acaparó la atención de su pretendiente echando mano de algunos contactos que tenía ella dentro de distintas instituciones.

Algunos días después Laura le presentaba a Manuel distintos proyectos para una distribución masiva de sus productos con grandes beneficios para ambos personajes, tanto económicos como personales, sin ella poder evitar la enorme atracción que sentía ella por él, al término de aquella reunión sucedió lo inevitable, fue tal la atracción de ambos que sin planearlo al momento de despedirse ambos se besaron de tal manera que creció dentro de ellos una pasión que inevitablemente él la llevó a un apartamento de varios que tenía dentro del área metropolitana y así sucediendo lo que tenía que suceder.

Al otro día muy temprano Laura se retiró al centro de operaciones donde ya le aguardaban el comandante y el subteniente, éste último con cara de pocos amigos al no saber dónde había pasado la noche su pareja.

Ya a medio día durante el almuerzo, ante los cuestionamientos de su pareja, Laura decidió decirle lo que había ocurrido la noche anterior, antes de que pudiera él reprocharle algo se interrumpió la conversación por el sonido del móvil de ella en la cual en esa llamada le estaba dando fecha y hora para la primer transacción de productos apócrifos, después de terminar la conversación telefónica, ambos policías se dirigieron al centro de operaciones para darle la noticia al comandante.

El operativo tendría lugar en una bodega para la revisión de la mercancía un par de días después, el comandante de inmediato pidió refuerzos para poder llevar a cabo el plan para poder desmantelar a la banda de malhechores y poder ponerlo tras las rejas.

Al día siguiente Laura no pudo evitar el ir a ver a Manuel para poder pasar un rato con su nuevo amor, ambos estaban muy eufóricos por la próxima transacción que iban a llevar a cabo, para el significaba una transacción de muchos millones, pero para ella significaba laboralmente un logro muy destacado, pero personalmente significaba el perder a su nuevo amante y el hecho de que ella iba a perder tanto a Manuel como a Carlos.

Horas antes de la operación Carlos le dijo a Laura que después de este operativo él había aceptado un traslado a las fuerzas especiales contra otro tipo de delitos, no fue personal su decisión, lo estaba tomando como un crecimiento personal, pero dentro de él lo hacía para alejarse de la que había traicionado a sus sentimientos, a lo que Laura no le quedó de otra más que respetar la decisión de Carlos y aceptarla como tal.

Ya en el lugar de la transacción estaban por un lado Manuel, Linda y tres delincuentes más, por el otro lado estaban Laura, Carlos, Alejandro y dos agentes policiacos más, ambos bandos después de las presentaciones y protocolo de revisión de documentos, revisando que todo estuviera en orden se dirigían a donde estaban los contenedores para la revisión de la mercancía para poder proceder a la transferencia de fondos para la liberación de la mercancía, se aperturó uno de los contenedores para la revisión y poder así dar el visto bueno de ambas partes, una vez aceptado de conformidad se hizo un ademán de aceptación por parte de Laura para que se procediera a la transferencia bancaria correspondiente, se formó un silencio que se podía escuchar el sonido del móvil al teclear la cuenta bancaria para dicha operación cuando se rompe el silencio con el timbrar de otro móvil, el de Linda, mismo que al contestar se escuchó su voz diciendo que son policías, acto seguido ambos bandos sacaron sus armas iniciando una balacera en la que Manuel, Carlos, Alejandro y tres delincuentes cayeron abatidos, Laura y Linda fueron las únicas sobrevivientes de esa inmolación, Linda con una herida de bala grave que pudo sanar en el hospital y purga una condena de 70 años de cárcel, Laura únicamente con una herida de bala en la rodilla que al cicatrizar tomó forma de una rosa, misma que está contemplando en este momento antes de tomar una ducha caliente después de un arduo día de trabajo.

Fin.

La contadora Contreras y el tiburón

Eran casi las cinco de la tarde, ya se acercaba la hora de salida de la oficina, casi todos los empleados de aquella oficina estaban dispuestos a salir, siempre hasta el final de la jornada laboral se quedaban la dueña del despacho y su asistente, eran la contadora Contreras y el Licenciado Arturo; ese día en particular se sentía mucho calor en el puerto de Veracruz y el aire acondicionado no funcionaba; La contadora y el Licenciado se conocían desde la universidad, ambos sentían una atracción mutua desde entonces pero ninguno de los dos se atrevió a dar el siguiente paso, dejaron pasar el tiempo y cada uno hizo su vida por separado.

En su época de estudiantes solían ir a tomar café a un famoso y antiguo restaurant que contaba con terraza y vista al mar, pasaban horas platicando de muchas cosas, al terminar se iban caminando por el malecón, aprendían de la historia del puerto, era algo que los dos tenían en común, les gustaba la historia, cada día aprendían algo relativo a lo que visitaban, museos, iglesias, zonas militares, petroleras, arqueológicas, en fin, ambos sabían que en 1518 Juan de Grijalva llegó a San Juan de Ulúa, al siguiente año, Hernán Cortés llegó al puerto, frente a la isla fundó una villa a la que por la riqueza de su entorno la llamó la Villa Rica de la Vera Cruz; a los dos les encantaba esa parte de la historia, si no la platicaba ella lo platicaba él, siempre de una forma o de otra comentaban siempre lo mismo, si uno comenzaba el otro terminaba el relato, en esta ocasión a ella se le ocurrió interrumpir el relato, siguió diciendo que por las malas condiciones del sitio, algunos meses después Cortés ordenó que el asentamiento fuese trasladado a Quiahuixtlán a pesar que éste presentaba problemas para el desembarco de las naves, por lo que en 1525 la villa fue reubicada en el lugar que al día de hoy se conoce como La Antigua, a finales del siglo XVI el virrey Zúñiga y Acevedo, conde de Monterrey, junto con los oficiales reales de la Vera Cruz ordenaron el cambio definitivo de la ciudad a un lugar más convenible, que es el sitio que ocupa en la actualidad; su compañero para terminar aquél relato añadió que en 1523 esta ya había obtenido escudo de armas de manos del emperador Carlos V, aunque el título de ciudad le fue concedido por el rey Felipe II hasta el año de 1651, al final del relato ambos personajes echaron a reír.

Ese día decidieron entrar a la biblioteca pública para investigar un poco más sobre la historia del puerto, recuerdan que ese día aprendieron que Veracruz se levantó sobre una extensa planicie costera y su urbanismo se estableció limitado por el mar en su extremo nororiente.

En el fondo los dos se querían, pero no se animaban a dar el siguiente paso, el tiempo pasó, se distanciaron, ambos formaron sus familias, a la contadora no le fue muy bien, al poco tiempo se divorció, tenía una pequeña embarcación en la que le gustaba salir a admirar la inmensidad del Golfo de México, a veces sus paseos duraban horas, durante esos años tuvo varios compañeros, pero en cuanto ella se sentía desilusionada de ellos terminaba la relación, ellos literalmente desaparecían de su vida, nunca volvía a saber de ellos.

En uno de sus tantos paseos se dio cuenta que un enorme tiburón blanco la seguía, poco a poco el escualo se fue acercando a la embarcación, la contadora no sintió miedo, al contrario sintió curiosidad de por qué aquél animal en lugar de alejarse se acercaba cada vez más, al poco tiempo la contadora y el tiburón hicieron un lazo algo extraño, ella empezaba a contarle de su vida, pareciera que al tiburón le interesaba la conversación de ella, le contaba de todo, pero sobre todo de sus fracasos amorosos; cierto día al regreso de su paseo la estaba aguardando la policía para hacerle preguntas sobre extrañas desapariciones de algunas personas; era la principal sospechosa de las desapariciones, ya que todos tenían en común una relación amorosa con la contadora.

Al día siguiente Arturo, que ya llevaba un par de años trabajando con ella, le comentó que la policía la estaba buscando, ella no sabía que responder, se le hacía algo extraño que la buscaran por esas desapariciones; en cuestión de amores la contadora era una mujer exigente, posesiva y celosa, cuando tenía una discusión con su pareja ella se tornaba un poco agresiva, motivo por el cual era la principal sospechosa de la policía.

Al final del día, Arturo se ofreció a acompañarla a su departamento, ella accedió, hacía calor, el Licenciado le ofreció una cerveza en un pequeño bar que estaba muy cerca de su departamento, ella pensó que era una oportunidad perfecta para poder iniciar lo que años atrás no habían iniciado, llegaron al bar, se sentaron en una mesa del fondo, después de varias cervezas ambos personajes se fueron acercando peligrosamente hasta que sucedió lo que ambos esperaban, se fundieron en un beso apasionado que duró minutos, estaban desbordando pasión y miel por doquier, ella se separó, se vieron a los ojos, sonrieron y continuaron en una conversación más íntima, entre beso y beso se decían que mucho tiempo habían soñado con ese momento, ella interrumpió la conversación e invitó a Arturo a su departamento a tomar una copa de vino, él aceptó de inmediato.

Ya en el departamento la contadora se dispuso a destapar una botella de merlot cuando fue interrumpida abruptamente por el licenciado que llegando por atrás puso sus manos en el busto de ella quien al mismo tiempo solo volteó la cara para besarlo, él le arrancó la blusa y sostén de un solo jalón al mismo tiempo que la inclinaba sobre el respaldo de su sillón, que de igual manera le arrancó la ropa interior, parecían dos animales salvajes en celo, él no dejaba de darle caricias que a ella le gustaban, se podía escuchar en todo el departamento los sonidos de placer que emitía la pareja, ella pedía que no parara y eso le excitaba aún más a él que la sujetaba por el cabello, estallaban en un éxtasis total, después de varios minutos estaban los dos en el sillón desnudos tomando por fin aquel merlot que la contadora Contreras había destapado momentos antes de tan salvaje intimidad hasta que la botella quedó vacía y quedaron profundamente dormidos.

Días después la policía fue con una orden de aprehensión a la oficina por la contadora acusándola por el homicidio de una de sus exparejas, ella estaba atónita, no entendía nada de lo que estaba pasando, ella alegaba que era inocente, ella no había hecho nada, a lo que el jefe de la policía le argumentaba que en su embarcación había encontrado sangre de la víctima.

Ya en la estación de policía finalmente no le pudieron comprobar absolutamente nada, ella no entendía nada, tenía claro que no quería volver a ver a su expareja, pero no lo quería muerto, ella no le deseaba el mal a nadie, estaba sumamente confundida, el licenciado Arturo la estaba esperando afuera de la estación, la contadora le pidió que la llevara al embarcadero y que la dejara sola, ya una vez navegando ella sola como le gustaba, trataba de entender cómo es que había llegado la sangre a su embarcación, por qué a su bote, ya adentrada en el mar del Golfo se topó con su amigo el tiburón, tiró el ancla y se dispuso a platicar con él esperando que el escualo le diera la respuesta a todas y cada una de sus preguntas.

Ese día en la noche el Lic. Arturo llamó a su puerta, ella no estaba de humor, le pidió que se retirara, que la entendiera, había sido un día muy pesado y no tenía humor para nada, a él no le agradó mucho la idea, finalmente él estaba ahí para darle apoyo y no le parecía justo que lo tratara de ésa manera, ella le volvió a explicar que se sentía angustiada por lo que había pasado, que se sentía triste por la muerte de su expareja, éste último argumento comenzó a llenar de celos al licenciado, empezaron a discutir hasta que ella decidió azotarle la puerta en la cara, destapó una botella de vino y se dispuso a relajarse.

El licenciado Arturo desde siempre estuvo al pendiente de la contadora Contreras sin que ella se diera cuenta, años siguiéndole los pasos, de hecho él por medio de un tercero le vendió el bote a la Contadora, motivo por el cual él tenía un duplicado de la llave; llamó al jefe de la policía argumentando que le iba a entregar al asesino de la expareja de la contadora, lo citó en el muelle en la noche. Ya en el lugar ambos personajes abordaron la embarcación y arrancaron con rumbo a una isla cercana al puerto, el jefe de la policía no dejaba de hacerle preguntas, estaba realmente intrigado del porqué él sabía del asesinato de éstas personas y nunca fue a denunciarlo; el licenciado conocía perfectamente las rutas náuticas del puerto, iban rápido para evitar que les ganara la noche en medio del Golfo, Arturo pasó por una zona de fuertes oleajes que él conocía perfectamente, el policía perdió el equilibrio, fue en ése momento que el amante de la contadora aprovechó para darle un golpe en la cabeza con el extintor, ya con el policía sin conocimiento aprovechó para hacerle una herida más profunda con un cuchillo, el tiburón apareció a un costado de la embarcación, Arturo lo arrojó al mar y el escualo hizo lo suyo devorando al jefe de la policía; Arturo se dispuso a limpiar la embarcación a profundidad, esta vez sin cometer errores, sin dejar rastro alguno de su crimen; el Licenciado que había seguido los pasos de su amada desde siempre era el responsable de la desaparición de todos y cada uno de los amantes de su amada, los citaba en el muelle, con mentiras los llevaba mar adentro y acababa con ellos sin dejar rastro, los golpeaba, una vez que estaba seguro que estaban muertos los arrojaba a el tiburón que siempre seguía la embarcación para recibir alimento, Arturo tenía al cómplice perfecto, jamás hablaría ni lo traicionaría.

Al día siguiente ya en la oficina la contadora mandó llamar al licenciado con el pretexto de ver algunos pendientes de trabajo, la verdadera intención era ofrecerle una disculpa por su comportamiento del día anterior, Arturo lo único que hizo fue asentar con la cabeza, ella se acercó a él y lo besó de una manera que era prácticamente imposible que en el privado de ella ocurriera lo inevitable, después de haber hecho el amor en el escritorio de la contadora ella lo invitó a comer para terminar en definitiva con el disgusto del día anterior, la contadora Contreras ignoraba el peligro que corría con su asistente.

Por la tarde se presentó otro jefe de la policía para hacerle las mismas preguntas que el jefe anterior, obviamente ella desconocía lo sucedido en alta mar con su barco, no entendía nada de lo que estaba sucediendo, no le encontraba sentido de que mandaran a otro policía a hacerle las mismas preguntas que el policía anterior.

Ya de salida la contadora invitó a dar una vuelta a su amante en barco, ya en alta mar después de haber hecho el amor de una manera igual de salvaje que en su departamento, ambos amantes sin ropa, él observaba el cuerpo perfecto de su pareja cuando en eso ella rompió el silencio platicándole cuanto le gustaba salir a navegar en soledad, disfrutar el océano, el paisaje, en fin, todo, pero lo que más le gustaba era encontrarse con un amigo muy especial, Arturo se desconcertó inmediatamente ante tremenda revelación, obviamente ignoraba de quién se trataba.

Él le empezó a reclamar que porque se tenía que ver con alguien en medio del mar, porque le ocultaba que tenía a otro después de todo lo que había hecho él por ella, la contadora estaba confundida con el último comentario de él, le pidió que no se preocupara por nada, le explicó que su amigo fiel es un tiburón que siempre le hace compañía cuando que sale a navegar, a Arturo esa noticia le cayó como balde de agua fría, jamás se esperó esa respuesta, por otro lado se dio cuenta que ya había hablado de más; en ése momento ella le preguntó asombrada que había hecho él por ella, no entendía nada, él solo le pidió que para poder contarle todo tenía que confiar en él, ella tomó asiento y le dio toda su atención; el licenciado comenzó a relatarle todo desde que se distanciaron años antes, conforme avanzaba el relato, el miedo de la contadora crecía cada vez más al darse cuenta que estaba sola en alta mar con un psicópata, un asesino serial, un loco; ella le reclamó que con qué derecho le había quitado la vida a sus anteriores parejas, y lo que es peor, a un jefe de la policía, por eso la estaban inculpando a ella, eso no podía seguir así, si no se entregaba él a la policía ella lo iba a denunciar, obviamente estas últimas palabras no le habían agradado en lo más mínimo al licenciado, se paró de inmediato, la tomo del cabello y la amenazó argumentando que si decía una sola palabra de lo sucedido él mismo acabaría con ella; la contadora sabía que estaba sola, vulnerable y en peligro, en ése momento, se tendría que defender ella sola como fuera si quería sobrevivir, así comenzó aquella pelea, él la tomó de las manos para evitar el embate de bofetadas que le empezó a dar ella, la contadora se sentía en desventaja porque los dos estaban aún sin ropa, pero la pelea tuvo un giro inesperado a favor de la contadora, con lo mojado de la cubierta él resbaló y cayó en la parte trasera del barco golpeándose en la cara y cabeza, comenzó a sangrar abundantemente por la nariz quedando desmayado, la contadora no sabía qué hacer, estaba

Arturo con medio cuerpo colgando en la parte trasera del barco, estaba asustada cuando de pronto de la nada brincó el tiburón y de una sola mordida jaló el cuerpo del asesino, la contadora estaba en shock pero al mismo tiempo se sintió aliviada y agradecida con su amigo al terminar con el peligro que ella corría; después de un par de horas tratando de asimilar lo sucedido se dispuso a vestirse rápidamente, también a limpiar la escena de aquel crimen que finalmente después de analizarlo ella no fue responsable, llegó a la conclusión de que ella fue víctima de las circunstancias, fue entonces que comprendió el por qué del comportamiento de su amigo el tiburón, el animal simplemente estaba esperando comida cada vez que ella salía a navegar.

Desde entonces cada vez que la contadora Contreras salía a navegar siempre llevaba comida para su buen amigo el tiburón que siempre la esperaba para poder obtener alimento fresco.

Conforme pasaba el tiempo la contadora Contreras comprendía que al mar no había que temerle, simplemente tenerle respeto, ella lo pensaría dos veces antes de volverse a meter al mar, uno nunca sabe con qué clase de amigos podría encontrarse en las profundidades de tan imponente escenario…

Fin

La comandante tapatía

Se escuchaba el ir y venir de las sirenas, había movilización policiaca por todo el lugar, el motivo, un hombre muerto, sin una gota de sangre en su cuerpo, a Rocío, Comandante de homicidios de la policía de Guadalajara, no le encontraba sentido a este y varios asesinatos que desde hace un par de meses se venían dando, hombres, mujeres, niños, todos sin una gota de sangre y con dos orificios en el cuello a la altura de la yugular, de todos las condiciones sociales; y es que existe la leyenda de que en el panteón más cercano hay un árbol, le llaman el árbol del vampiro, empezó a crecer en la lápida donde sepultaron a un conde inglés, en el siglo XIX llegó este extranjero y comenzaron a encontrar primero a los animales muertos sin una gota de sangre, la población de aquél entonces no le había prestado la mucha atención, pensaron que se trataba de una epidemia, una plaga, no sabían que era lo que pasaba, lo que tenían en común los animales muertos eran dos orificios, hasta que empezaron a encontrar a personas muertas de la misma manera, la gente tenía mucho miedo de salir de sus casas, la leyenda cuenta que el conde siempre vestía de negro y solo salía cuando empezaba a oscurecer, el pueblo vivió con miedo por mucho tiempo, hasta que descubrieron al conde chupándole la sangre a una mujer en la calle, se dieron valor y decidieron enfrentar al conde, lo mataron enterrándole una estaca en el corazón, lo sepultaron en el panteón de Belén, cuenta la leyenda que empezó a crecer un árbol en aquella lápida rompiéndola poco a poco con el paso del tiempo, se creía que cuando la lápida estuviera totalmente rota o aquél árbol se cayera regresaría el conde a buscar venganza y resurgiría de entre las tinieblas para sembrar nuevamente pánico en aquél pueblo, ahora ciudad.

Rocío no daba crédito a los asesinatos que estaban ocurriendo, tantos cuerpos sin una gota de sangre y con dos orificios en el cuello a la altura de la yugular, sin marcas de violencia, decidió investigar los bancos de sangre, el tráfico de órganos, agotó todas y cada una de las pesquisas que tenía en la línea de investigación, mandó a todo el personal que tenía a su disposición para patrullar las zonas.

Tres días después encontró a uno de sus policías muerto de la misma manera, sin una gota de sangre, sin rastro de violencia, su arma sin desenfundar, las balas completas, estaba en plena investigación en busca de algúna pista que los pudiera llevar al asesino serial cuando se escuchó un grito desgarrador de mujer, se escuchó muy cerca, cuando al fin dieron con ella ya era demasiado tarde, ya estaba muerta, estaban haciendo el levantamiento de rutina cuando un caballero le llamó la atención, era un hombre maduro y atractivo, alto, cuerpo atlético, cabello negro con los costados platinados, barba discreta y bien arreglada, vestía traje de diseñador, vaya, un hombre de esos que imponen sólo de verlos, ella se acercó para interrogar a los testigos y fue directamente hacia él, Rocío no podía evitar sentir atracción por aquél hombre, se agudizó aún más al escuchar una voz firme y varonil; de pronto sintió una energía negativa detrás de ella, instintivamente volteó, pudo observar una sombra en el interior de una casa que estaba junto al panteón de Belén, le pareció extraño ya que esa casa estaba deshabitada desde algún tiempo; el caballero que estaba entrevistando le advirtió que no se confiara, tenía que andar con mucho cuidado, ella le preguntó que si sabía algo al respecto, el hombre negó aquél cuestionamiento, ella comenzó a caminar hacia la casa abandonada, aquél hombre no le quitó la mirada y observó el ir y venir de sus caderas, observó con detenimiento aquellas piernas bien torneadas debajo de esa falda corta en tacones altos, entró sin pensarlo, aquella casa lucía bastante descuidada a pesar de no tener mucho tiempo abandonada, no había luz, se estaba iluminando con la lámpara de su móvil, subió al segundo nivel de la casa con su arma en la mano lista para ocuparla si era necesario, revisando todas las habitaciones, para sorpresa de ella en la última habitación tuvo un hallazgo macabro que le puso la piel de gallina, era un ataúd con cuatro cirios encendidos en cada una de las esquinas, se acercó a tratar de abrirlo sin tener éxito, se asomó por la ventana y ya las ambulancias y patrullas se habían retirado, ya habían retirado el cuerpo de la víctima, solo estaba aquel caballero que estaba interrogando justo debajo de un faro de la luz pública, se estaba fumando un cigarro y como si supiera que lo estaba observando volteó a verla después de darle una fumada y al sacar el humo sólo le hizo un ademán con la mano, ella volteó a ver nuevamente el ataúd, en ese preciso momento se apagaron los cuatro cirios, se espantó ante aquél suceso, ella comenzó a sentir un frio poco usual, quiso llamar por teléfono para pedir apoyo policiaco pero no tenía señal, volvió a desenfundar su arma, se pegó a una pared, empezó a caminar sigilosamente, salió de la habitación, bajando las escaleras vio al hombre que estaba interrogando, todavía con el final de su cigarro encendido, se sintió por unos momentos aliviada por aquella compañía, guardó su arma, ella no podía negar que fue un descubrimiento poco usual y hasta grotesco, tétrico, no sabía cómo definirlo, tampoco podía negar que sintió miedo, era un miedo poco usual, de ésos temores a lo paranormal, el caballero le extendió la mano para ayudarla a bajar los últimos escalones, le ofreció acompañarla no sin antes ofrecerle un café en la cafetería de la esquina, a lo que ella al escuchar aquella voz varonil pero también al sentir aquél frio en la habitación de arriba aceptó la invitación de aquel atractivo caballero, ya con café en mano el caballero comenzó a relatarle la leyenda del conde sepultado en el panteón de Belén, ella escuchaba aquel relato con mucha atención pero al mismo tiempo sabía que le quería tomar el pelo, ella notaba cierto coqueteo de él, así comenzó a transcurrir el tiempo, el caballero no dejaba de observarla, era una mujer muy atractiva, de estatura media, cabello negro, tez blanca, ojos azules, un busto que quedaba un poco al descubierto por aquella blusa escotada que llevaba puesta debajo de aquél saco que tenía, ambos personajes sentían una atracción mutua ante los atributos físicos de cada uno, ella volteó a ver el reloj y faltaban cinco minutos para las doce de la noche, el caballero se ofreció a acompañarla a su casa para que no corriera ningún riesgo, ella con un movimiento sensual se descubrió la parte baja de la cintura para mostrarle el arma que traía, le caballero sólo sonrió y cortésmente se despidió y comenzó a caminar en sentido contrario a la dirección que ella llevaba, instantes más tarde volteó a ver al hombre pero éste ya no estaba, había desaparecido.

Sobre la acera sólo se escuchaba el taconeo de los pasos de la comandante, aceleraba un poco el paso hasta que por fin llegó a su carro, la niebla comenzaba a bajar, no había luz en la calle donde estaba su carro, sólo la luz que se alcanzaba a filtrar de la luna llena, algo nerviosa sacó la llave de su bolsa, no sabía porque pero estaba nerviosa, presentía algo, cuando al fin logra abrir su auto y sentarse frente al volante se sintió segura otra vez, fue inevitable seguir pensando en aquél hombre de voz varonil y físicamente bien dotado, pero también seguía con la sensación de aquella casa, sentía que alguien la estaba observando, así transcurrió un poco de tiempo cuando al fin llegó a su casa, con tremenda sorpresa notó que ahí estaba el caballero con el que acababa de tomar un café, bajó la velocidad y se dio cuenta que estaba por entrar al mismo edificio en el que ella vivía.

Apuró a estacionarse para poder alcanzar al hombre que estaba por entrar al edificio, al alcanzarlo le preguntó con un cierto asombro que era lo que estaba haciendo, cómo logró llegar antes que ella y porque la estaba siguiendo, él sólo sonrió, le explicó que había tomado un taxi y que se había mudado un día antes al departamento que estaba justo arriba al de ella, se tranquilizó un poco y juntos subieron al elevador; al llegar al piso de ella sin pensarlo lo invitó a tomar una copa de vino, sin dudarlo el caballero aceptó.

El ataúd de la casa abandonada estaba abierto, los cirios encendidos, dos calles más adelante ya había dos cuerpos ya sin vida, de la misma manera, sin gota algúna de sangre en los cuerpos, con dos orificios en el cuello, ésta vez, nadie vio nada, nadie escuchó nada, todo fue en silencio.

Mientras tanto en el departamento de la comandante después de algunas copas de vino tinto aquél caballero parecía estar hipnotizando a aquella mujer policía que poco a poco accedía a la seducción de aquél hombre, simplemente al escuchar su voz sentía que le temblaban las piernas, éste de manera coqueta acercaba sus labios al cuello de aquella mujer que no ponía resistencia, tenía la blusa con algunos botones de más desabrochados dejando más al descubierto aquel busto firme con los pezones ya erguidos, la respiración acelerada, el vientre agitado, los ojos de aquél hombre comenzaron a tornarse rojos y de su boca comenzaron a salir los colmillos, el caballero instintivamente puso su mano en una de las piernas firmes y bien torneadas de Rocío invitándola a que las abriera un poco, la respiración de la mujer empezó a acelerarse aún más, la mujer estaba haciendo lo suyo desabrochando la camisa de su nuevo amante sintiendo los músculos del pecho firme, podía sentir todos y cada uno de los músculos del abdomen, con la otra mano sentía el poder de los músculos del brazo que estaba acariciando, se respiraba un erotismo total en la sala del departamento de Rocío, la mano del caballero comenzó a subir por las piernas, con la otra mano la despojaba de aquella falda corta que tenía para luego subirla rozando el vientre de ella, con un solo movimiento la despojó de la blusa y sostén dejando el busto al descubierto, estaban inmersos en su momento placentero que ambos amantes ignoraban la presencia de una sombra en el umbral de la otra habitación; la extraña sombra levantó una mano y el caballero instantáneamente se detuvo, Rocío tenía el pulso acelerado y estaba extasiada, no se daba cuenta que por la excitación estaba bajo los efectos hipnóticos de aquél extraño caballero que se inclinó ante la sombra implorando a su amo que a ella no la matara, que la dejara viva al igual que a él para poder velar de su sueño eterno, su seguridad para poder llevar a cabo su venganza, de la sombra sólo se veían los rojos del conde; Rocío estaba en aquél sillón con sólo las pantys puestas, tenía ése cuerpo escultural al descubierto, se podía observar aquel busto firme y el cuerpo ya dispuesto para recibir en su lecho enardecido a su amante dispuesto a darlo todo, pero ella no se daba cuenta de lo que estaba sucediendo, con un movimiento del conde el cuerpo de rocío comenzó a levitar, su cabello caía de forma natural al igual que sus manos, lo único que se podía escuchar era la respiración acelerada de la hermosa mujer y la súplica del caballero por tener a Rocío eternamente sólo para él, las luces del departamento de Rocío se apagaron, sólo se iluminaba por la luz de la luna que entraba por las ventanas del departamento, el cuerpo de la mujer estaba girando en el aire, se observaba el rostro del conde, pálido, los ojos con mirada profunda, una sonrisa macabra que mostraba los colmillos afilados y dispuestos a tomar el elixir de las venas de Rocío para acabar con su existencia, de pronto el conde extiende la otra mano y pone de pie al caballero, poco a poco de igual manera lo pone a levitar y a girar en la misma dirección de Rocío, la habitación empezó a bajar de temperatura, se podía observar el vapor que salía de la boca de la policía que al mismo tiempo no paraba de emitir esos sonidos placenteros, ella estaba hipnotizada, no tenía ni idea de lo que estaba sucediendo, lentamente empezó a bajar al caballero dejándolo con los brazos extendidos y con un movimiento lento puso el cuerpo de la mujer en los brazos de su amante, el conde empezó a flotar en el centro de la sala y con un chasquido de los dedos desapareció.

El caballero comprendió en ese momento que el conde le había brindado la oportunidad de tener una pareja, no sólo para cuidar al conde sino también para que él intentara ser feliz.

Sabía que sólo debía tomar la mitad exactamente de su sangre para no matarla, ni más ni menos, para así poderle dar vida eterna, la puso delicadamente sobre el sofá, comenzó a besarla de manera sensual por la parte interna de los muslos, subiendo lentamente por su regazo enardecido, ella poco a poco comenzó a salir del trance en el que se encontraba, disfrutaba cada caricia de su compañero, cada beso, estaba a nada de sentir el éxtasis total del placer, le estaba besando el busto con ternura, ella no podía más, el amante ya estaba despojado totalmente de su ropa, y al mismo tiempo que se fundían en un coito intenso el clavaba sus colmillos en el cuello, se podía sentir el placer de ella y el saciar de la sed de él, se fundían como si fuera uno mismo, justo cuando llegó a la medida exacta del elixir de vida para el paró y ella estalló en éxtasis total; no sabía que acababa de tener vida eterna, ya no iba a envejecer, no iba a enfermar, iba a tener fuerza física extrema; la pareja quedó abrazada, el encendió dos cigarros, uno para él y otro para ella, lo fumaron, lo disfrutaron, ella estaba en el proceso de convertirse en vampiresa, al acabar el cigarro ambos se vieron cara a cara, los dos tenían esa palidez en el rostro, los ojos rojos y los colmillos de fuera, el silencio fue roto por él al decirle que se lo había advertido pero no le creyó, ella le contestó que valió la pena la ingenuidad, se volvieron a fundir en un beso cálido en cuerpos fríos; mientras que los extraños homicidios seguían en la gran metrópoli tapatía por la leyenda del vampiro del árbol, la gente no puede estar tranquila por las noches, ya que mientras la lápida que está debajo del árbol del panteón de belén siga rota, el conde, el caballero y Rocío se seguirán alimentando del elíxir de vida en la gran metrópoli de La Perla Tapatía…

Fin

El columpio del diablo

El reloj marcaba las 7:22 de la tarde, Judith y Carlos iban de camino a Zimapán, municipio de Tecozautla, Hidalgo; decidieron bajar del coche para caminar por esos caminos rurales pintorescos, estaban recién casados.

-Amor, sabes que se me antoja; le dijo Judith a Carlos

-No lo sé amor, ¿Será quizá una hamburguesa?

-No

-Entonces, ¿Una pizza?

-Tampoco

-Me rindo, dime que se te antoja, contestó Carlos

-Un beso y un abrazo

-Pero aquí estamos a la vista de todos

-No importa, quiero un beso ¡Ahora!

Carlos la besó de una manera muy tierna, la estaba abrazando de una manera muy sensual, la pareja se tiró al piso entre sembradíos…

-Te amo, le dijo Carlos a Judith

-Calla y sigue besándome, no pares

-Pueden vernos, mejor vamos a caminar un poco y más adelante veremos qué es lo que sucede… Le contestó Carlos al mismo tiempo que le estaba acariciando el busto.

La pareja siguió su camino adentrándose cada vez más a los sembradíos, se estaban acercando a las dos peñas en donde se encontraba el famoso "Columpio del diablo".

Se dice que la gente del lugar no le gusta salir cuando empieza a oscurecer, ya que es inevitable encontrarse con dos peñas entre las que hay un pequeño llano, dicen que ése es un lugar marcado por los seres demoniacos, pues en punto de la media noche, se escuchan los dolorosos y escalofriantes quejidos de un hombre que pareciera estar agonizando.

Dice la gente que ahí habita que esta historia fue verificada por un par de amigos que un día caminaban por aquel lugar, esa noche escucharon ruidos muy extraños, al ir a investigar de que se trataba, aquellos amigos se dirigieron al lugar de donde venían los ruidos que se fueron escuchando mejor y se transformaban en gritos, conforme pasaban los segundos se volvió en terror pues aquellos gritos se fueron transformando en quejidos de alguien que sufría un dolor insoportable; al llegar hasta aquel llano se encontraron con una escena sorprendente y aterradora, un hombre se columpiaba en una cuerda que estaba sostenida de la punta de las dos peñas, su rostro era tan pálido como si la poca piel que tenía en él se hubiese fundido con el hueso y no dejaba de gritar; provocó en las personas un terrible miedo que los paralizó por completo; estáticos, sin poder gesticular movimiento alguno no daban crédito a lo que sucedía, de pronto una luz rojiza e intensa rodeo al hombre que se mantenía columpiándose, prendiéndolo en llamas entre las cuales se distinguía un ser que abrazaba al desdichado, hasta que se volvió cenizas.

Mudos ante el aquel aterrorizador y espeluznante hecho, con los dientes apretados, los cabellos de punta salieron corriendo despavoridos de aquel lugar; pero cuando lo hicieron fueron sorprendidos por la muerte por haber presenciado un encuentro con el Diablo al que no los había invitado; se dice que fue una muerte horrorosa, de la nada se encendieron como dos antorchas humanas que seguían corriendo sin control hasta caer en un barranco quedando clavados por ramas salidas del suelo y que hasta la fecha se puede observar la silueta de los dos amigos dibujadas en el piso donde encontraron la muerte y que siguen penando por aquél lugar guiando a sus víctimas al columpio para que corran la misma suerte que ellos.

Por otro lado también dicen que aquel hombre que se mecía en el llano era un hombre rico, un hacendado de aquella región que un día decidió vender su alma al Diablo por más riquezas, que esa noche el mismo Diablo vino por su alma, que sigue también con su alma en pena entre los vivos llevando víctimas al señor de las tinieblas…

-Amor, ya no aguanto más, bésame aquí y ahora

Le decía Judith a Carlos mientras se desabrochaba los botones de la blusa

-Claro linda lo que tú quieras

Mientras Carlos seguía besando a su esposa ella se despojaba de su ropa…

Ella se encontraba deseosa de sentir la pasión de su ahora esposo en ella, quería experimentar el éxtasis en todos lados y de cualquier forma, estaba profundamente enamorada de él, y él de ella también, eran el uno para el otro.

-Amor bésame el busto

-Abrázame y no pares, sigue así, lo haces de maravilla…

Carlos estaba concentrado dándole placer a su esposa cuando toda ésa pasión fue rota por un grito espeluznante, era un grito de dolor que pone la piel chinita a cualquier persona…

-¿Escuchaste eso linda?

-¡No pares!

-Espera, de verdad ¿No escuchas?

-Qué cosa

-

AAAAAAAAAAAAAAAAAAAAAAAAAGGGGGGG GGGGGGGGGGGGGGGGGGGGGGGGGGGGGGGGG

-¿Que fue eso?, ¿Quién gritó así?

Le preguntaba Judith a Carlos que atónita escuchó aquél grito lleno de dolor y desesperación

-No lo sé, vístete y vayamos a averiguar de qué se trata, probablemente alguien necesite ayuda

-Si amor esperemos que no pase nada, que todo esté…

-

AAAAAAAAAAAAAAAAAAAAAAAAAAAAAAAA
AAAAGGGGGGGGGGGGGGGGGGGGGGGGGGG
GGGGG

-

OOOOOOOOOOOOOOOOOOOOOOOOOOOOOO
OOOOOOOOOOOOOOOOOOOOOOO

-Mi amor, mejor llamemos a la policía, esto no me gusta nada

-Los teléfonos no tienen señal, vamos a ver qué pasa

-Amor, tengo miedo

-No te preocupes, vienes conmigo, no voy a permitir que nada malo te pase…

-

EEEEEEEEEEEEEEEEEEEEEEEEEEEEHHHHHH
HHHHHHHHHHHHHHHHHHHHHHHOOOOOOO
OOOOO

-Corre amor, viene de allá ese grito

Carlos demostraba ser valiente, pero la realidad es que estaba muerto de miedo

-Carlos mira, allá se ve todo rojo, es como si hubiera luz

-Si amor vayamos a investigar

Conforme iban avanzando la luz se tornaba más roja, los recién casados ignoraban al peligro que estaban a punto de enfrentar, ignoraban que se estaban acercando a donde se situaba el famoso "Columpio del Diablo", la joven pareja ignoraba aquella leyenda.

Al fin llegaron en donde estaba una persona pidiendo ayuda…

-Allá es en donde hay un hombre que está en problemas, vayan a ayudarlo yo ya no puedo más

Dijo aquél hombre

-Carlos, vamos más rápido, hay alguien que necesita ayuda

-Si amor corre

La pareja ignoraba que el hombre que vieron lo verían más adelante pero en circunstancias totalmente distintas

-Amor mira, es una persona en un columpi…

-

AAAAAAAAAAAAAAAAAAAAAAAAAAAAAGG GGGGGGGGGGGGGGGGGGGGGGGGGGGGGG

-¡Que le sucede!, ¿Se encuentra bien?

Preguntó Carlos

La pareja estaba atónita ante aquella imagen, era un hombre que se columpiaba de espaldas, con una fogata frente a él; Carlos al gritarle preguntándole si se encontraba bien aquél columpio se paró en automático…

-¿Se encuentra bien?

Volvió a preguntar Carlos al hombre que estaba en aquél columpio, poco a poco sólo la cabeza de aquél hombre empezó a girar hasta quedar totalmente viéndolos de frente…

-

NNNNNNNOOOOOOOOOOOOOOOOOOOOOO OOOOOOO

Fue de tal impacto aquella escena que Judith inevitablemente gritó desesperadamente, pero no era lo único que estaba a punto de presenciar.

Aquella fogata se esparció de tal forma que los rodeo, el fuego formó un pentagrama en el cuál el hombre del columpio y la pareja quedaron justo en medio, la pareja se abrazó al ver cómo le giraba la cabeza al hombre, el miedo creció más al ver que el hombre que estaba en el columpio era el mismo que habían visto instantes antes pidiendo ayuda; el hombre del columpio se puso de pie, comenzó a caminar hacia la pareja, el cuerpo poco a poco se comenzó a transformar de la cintura para abajo en el cuerpo de una cabra, la parte superior se transformó en el cuerpo de humano y a la cabeza le empezaron a salir cuernos de carnero…

-Se atrevieron a profanar esta zona sagrada para mí

Dijo el Diablo.

Carlos le decía…

-Por favor no nos hagas daño, no hemos hecho nada malo, escuchamos que alguien necesitaba ayuda, por eso venimos

El rey de las tinieblas simplemente levantó una mano y comenzó hacer que Judith levitara mientras que le indicaba a Carlos que subiera al columpio, él así lo hizo implorándole que no le hiciera daño a su amada…

-¡Cállate y sube!

Mientras Carlos se comenzaba a columpiar comenzó a sentir como la piel se le comenzaba a pegar a los huesos, al mismo tiempo no dejaba de ver a Judith que estaba flotando en el aire, Carlos comenzó a sentir cómo el columpio y él se hacían uno mismo, la piel como chicle se le pegaba cada vez más a los huesos, las lágrimas comenzaron a salir por temor que lastimara a Judith, fue entonces cuando Carlos no podía creer lo que estaba viendo, vio cómo Judith volvió en sí y únicamente pudo mover los labios que le decía "Te amo", fue entonces cuando Satán al hacer varios movimientos con los dedos fue despojando de la ropa a Judith hasta dejarla totalmente desnuda, fue en ese momento que al cerrar su puño dobló a Judith por la mitad partiéndole la espalda en dos causándole la muerte instantánea y de la nada se prendió como una antorcha humana…

-NNNNOOOOOOOOOOOOOOOOOOOOOOOOOO

Gritó Carlos

-Eres un maldito

El diablo volteó a verlo diciéndole que sus palabras lo halagaban, pero que aún no terminaba, Carlos estaba agonizando, el columpio se movía cada vez más rápido, fue entonces cuando el columpio hizo alto total, Carlos estaba con la mirada perdida, el Diablo se paró frente a él, estiró la mano y con sólo un chasquido de dedos le rompió el cuello provocándole la muerte instantánea.

Fue así como el señor de las tinieblas Belcebú acabó con dos víctimas más por el sólo hecho de llegar a ése maldito lugar conocido como el columpio del diablo.

Cada vez que estés en el campo, un parque, un lugar público, o simplemente en tu recamara en la noche a punto de dormir y escuches que alguien necesita ayuda, después de leer esto, ¿Irás en su ayuda o pedirás ayuda? Recuerda que Belcebú puede presentarse en cualquier forma y en cualquier aspecto…

FIN

Los niños de la plataforma.

Prólogo

Queridos lectores, lo que van a leer a continuación es una saga de cuentos basados en relatos reales, son relatos contados por muchas personas en distintos lugares, algún restaurante, en el transporte público, una reunión; dándoles a todos un toque de ficción, terror y suspenso, todos se desarrollan en un solo lugar pero en diferentes días y con distintos personajes, partiendo de mitos y leyendas urbanas de algún lugar de trabajo como en cualquier otro, no dudes que alguno pueda suceder en tu lugar de trabajo sea cual sea este, oficinista, taxista, ejecutivo, columnista de alguna revista, locutor de radio, imagínate que estás en tu escritorio, ves a una persona que en realidad es un espíritu, que sólo lo ves tú, que te muevan la pluma, es más que te escondan ese documento tan importante que le tienes que presentar a tu jefe y de pronto aparezca en el escritorio de tu jefe, o que estés en tu programa de radio y te muevan el micrófono, o bien vas manejando tu taxi te hacen la parada, subes al pasajero y más adelante ya estás solo o simplemente estás muy cómodo en tu casa y de la nada se caen los trastes; todas estas historias pudieron haber sucedido en una fábrica, en una escuela, en oficinas, en colonias, en distintas calles, es más, pudo haber sucedido en la calle donde vives o incluso pudo haber sucedido en la casa de tu vecino o en la tuya propia; imagínate, ves afuera de tu casa a una persona que nunca has visto que te guste y te sonríe, ¿Confiarías en él/ella?, ¿cómo sabrías que no es un espíritu o un ente?; ¿has ido alguna vez a un parque y ver a niños jugar? ¿estás seguro que todos los niños son reales?, recuerda que los entes malignos pueden tomar cualquier forma con tal de poder acercarse a su víctima, o que te saluda alguna persona por la calle y en realidad es un espíritu al que viste, nunca, pero nunca se te ocurra voltear a ver sus pies, no vaya a ser que estén levitando, al escuchar algún ruido extraño en donde te encuentres y no le encuentras alguna lógica a ese ruido, en fin, ya no quiero seguir sembrando el miedo en tu inconsciente, prefiero que leas esta saga de diez cuentos esperando no quitarte el sueño ni la seguridad de dormir solo, aunque, yo te recomendaría que con mucha precaución y sigilo revisa debajo de tu cama antes de dormir y por ningún motivo por la noche bajes las manos ni los pies, si te despiertas en la noche recuerda que a las 3:00 a. m. los espíritus te están observando y bueno ya de ir al baño a esas horas mejor ni hablamos, tampoco de pasar frente a los espejos en la oscuridad, pero eso sí, estoy seguro que van a ser de tu agrado.

Hace algunos años llegó a México procedente de Francia una famosa tienda de autoservicio, su logotipo tenía los colores de su bandera, su centro de distribución lo pusieron en el municipio de Cuautitlán, México, a la bodega le llamaban "Plataforma", las oficinas administrativas se situaban en Polanco. Cuenta el radio-pasillo (por llamar de alguna manera la leyenda urbana) que al momento de la adaptación de las rampas de recibo uno de los trabajadores no tuvo con quién dejar encargados a sus hijos y decidió llevarlos con él al trabajo ese día; resulta que al momento de colocar las rampas hidráulicas los niños estaban jugando justamente ahí y que una falla de la grúa dejó caer una de las rampas de acero de más de trescientos kilos encima de ellos provocándoles la muerte instantáneamente.

Al poco tiempo la plataforma comenzó a trabajar, recibían muchos proveedores al día de perecederos, electrónica, ropa, hogar, juguetería, entre muchos otros; llevaban una logística muy estricta, los proveedores llegaban a dejar todos sus productos con cita, había mucho movimiento en aquél lugar, así transcurrían todos los días.

Cierto día por la noche, en un horario que ya no había personal trabajando en la plataforma, únicamente estaba el personal de seguridad, dentro de éste departamento había un guardia al que le llamaban la Muñeca, le llamaban así porque tenía la piel muy sensible y se tenía que poner distintas cremas para que no se le dañara, estaba por iniciar su rondín por el área de oficinas, había cuatro pisos, se encontraba en el primer piso cuando por el radio le reportaron de monitoreo de cámaras que había movimiento en la sala de colección, que se dirigiera a revisar que estaba sucediendo, de inmediato la Muñeca subió hasta el cuarto piso donde estaba la sala.

En esa sala estaban exhibidos las colecciones de la temporada de cada uno de los departamentos; la Muñeca entró y estaba en la entrada la exhibición de ropa, después la de muebles, hasta el final estaba la de juguetes.

Justo cuando iba a la mitad de la sala se comenzó a mover la ropa que estaba exhibida al principio, era como si alguien empujara los vestidos y pantalones que estaban justo ahí, la Muñeca volteó de inmediato para ver qué era lo que sucedía, en ése momento escuchó un ruido a la mitad de la sala, justo donde estaban colgados unos sartenes que estaban exhibidos, la Muñeca se empezó a alterar, no esperaba esos movimientos extraños, pero también pensó que era una broma pesada de alguno de sus compañeros, supo de inmediato que se trataba de su compañero que le decían Tigre, segundos después no le prestó importancia y continuó con su recorrido, ya para llegar al final de la exhibición, de la nada se cerró la puerta de un azotón motivo por el cual la Muñeca brincó del susto, instantes después confirmó sus sospechas, se trataba de una broma de mal gusto de alguno de sus compañeros ya que afuera de la sala escuchó risas, lo único que hizo fue maldecir a su compañero el Tigre.

La Muñeca estaba ya en la zona de exhibición de juguetes, se agachó para levantar una figura de acción que estaba en el piso, se dispuso a ponerlo en su lugar, fue en ese momento que sintió como se le erizaba la piel al momento que sonó su radio de comunicación, era el jefe de turno que le estaba pidiendo un reporte de su recorrido, fue entonces cuando un carro de control remoto se empezó a mover, la Muñeca no podía creer lo que estaba viendo, casi al mismo tiempo un juguete para bebé en forma de piano comenzó a sonar, un oso enorme de felpa cayó al piso, un maniquí de la exhibición de ropa también cayó al piso, una mecedora comenzó a moverse, la Muñeca en ese momento pensó que la broma de su compañero ya había excedido los límites, pensó en reportarlo al final de su recorrido, no le prestó mucha importancia a lo que acababa de suceder, siguió con su recorrido, lo que la Muñeca no sabía es que ninguno de los juguetes tenía pilas.

Salió de la sala para bajar al otro piso de oficinas, era donde estaban los compradores de varias categorías, estaba caminando por uno de los pasillos cuando volvió a escuchar aquellas risas, la Muñeca siguió sin prestarle atención, a lo lejos sólo escuchó como se cerró la puerta de uno de los baños y se activó uno de los secadores de manos, siguió su camino, la Muñeca realmente ya estaba enojado, en ése momento se activó el sonido de una de las computadoras que estaban ahí con música, estaba sonando música infantil, se trataba de la computadora de la compradora de música, libros y revistas, estaba al final de ésa oficina, la Muñeca caminó hasta ése escritorio, fue entonces cuando vio que un mouse de otro escritorio cayó al piso, un ruido extraño en ese momento lo obligó a voltear, vio como una silla se movió lentamente, al regresar la mirada al escritorio donde se había caído el mouse éste ya estaba en su lugar, la Muñeca abrió los ojos sorprendido, tenía una combinación de enojo, nerviosismo y miedo, no lograba entender como su compañero podía hacer todos esos movimientos sin que lo pudiera ver, fue entonces cuando se activaron los aires acondicionados uno a uno, de un movimiento sin pensarlo agarró su macana, estaba dispuesto a enfrentar a su compañero ya de una manera agresiva, le quería hacer ver que no le tenía miedo y estaba dispuesto a todo.

Con macana en mano salió de ésa oficina y entró a la oficina que estaba del otro lado, era la oficina de otro departamento, era compras de ropa, con prisa hizo el recorrido a esa oficina, de nueva cuenta volvió a escuchar los secadores de manos de los sanitarios que se encontraban justo al final de ese piso, la Muñeca no le prestó importancia, estaba seguro que en una de esas iba a encontrar a su compañero Tigre, de menos le iba a dar un garrotazo en la pierna, era tal su enojo que no se daba cuenta que varios maniquíes que estaban en esa oficina se empezaron a mover, se movían justo a la dirección que tomaba la Muñeca, estaba alterado.

Salió de ésa oficina, de inmediato entró a la oficina de compras de electrónica, la Muñeca ya sentía que lo traicionaba el subconsciente, sabía que todo era una broma de mal gusto de su compañero, pero no sabía cómo se había organizado para poder hacer tantos movimientos al mismo tiempo, estaba seguro de que algún otro compañero le estaba ayudando para poder lograr sembrarle miedo, fue en ese momento que varios aparatos de electrónica que tenían de muestra se encendieron al mismo tiempo, las pantallas estaban pasando diferentes programas infantiles, los equipos de audio diferente tipo de música infantil, lo único que pudo hacer fue reírse, fue una risa de miedo, nervios y enojo, pensaba que ya había sido suficiente, soltó un garrotazo en uno de los escritorios gritando "Basta, ya fue suficiente de tus estúpidas bromas", lo que la Muñeca no vio era que todos esos dispositivos estaban desconectados, siguió su camino, así sucedió en cada uno de las oficinas que estaban en ese piso, estaba decidido a hacer un reporte detallado para que le pusieran un castigo ejemplar a su compañero.

La Muñeca ya se encontraba en el piso de abajo, era el piso de contabilidad y logística, justo cuando se disponía a entrar en la primer oficina escuchó como se activaron los secadores de manos que estaban frente a la entrada de esas oficinas, cerró la puerta y fue a los baños, primero entró al de hombres, no vio nada, estaba revisando los gabinetes de los W.C. cuando escuchó los secadores del baño de damas, sin pensarlo salió del baño de hombres y fue al de damas que estaba junto, los secadores se desactivaron y los gabinetes estaban vacíos, no lograba entender cómo podía hacer eso su compañero, sintió como la piel se le erizaba otra vez, salió de los sanitarios y se dirigió a las oficinas, esta vez no vio nada raro en su recorrido, estaba a punto de salir de esa oficina cuando en las oficinas de los jefes de ese departamento que eran de cristal se escuchó como golpeaban en los cristales, la Muñeca de inmediato tomo su radio de comunicación para reportar a su compañero, el jefe de turno le contestó que revisara bien ya que su compañero Tigre ese día se reportó enfermo, no fue a trabajar, la Muñeca sintió como se le aceleraba el corazón, si no fue su compañero no sabía entonces cuál de sus compañeros le estaba jugando esa serie de bromas de mal gusto, fue entonces cuando vio sombras en las oficinas de los jefes, lanzó un llamado de advertencia, ya lo había visto, la Muñeca estaba decidido a darle una lección a quien fuera que le estuviera jugando ese tipo de bromas, en ese momento de la nada le brincaron los dos niños, la Muñeca lanzó tremendo grito que se pudo escuchar hasta el patio de maniobras de la plataforma, de inmediato el jefe de turno y dos de sus compañeros subieron a ver qué era lo que pasaba, el guardia de monitoreo dirigió las cámaras al punto donde estaba su compañero, vio cómo se desvanecía, llegó el jefe de turno con los guardias que lo acompañaban, vieron a la Muñeca convulsionándose con los ojos en blanco y saliendo espuma por la boca, pidieron de inmediato una ambulancia y trataron de calmarlo, no sabían que era lo que pasaba, el guardia de monitoreo les informaba por radio que había algo en la oficina de los jefes, el jefe de turno entró a investigar de que se trataba, no vio nada.

Después de haber recibido la atención médica la Muñeca dio un reporte de hechos a su jefe de manera verbal, el jefe no le creyó, después de mucho tiempo de servicio no tuvo otra opción que presentar su renuncia.

Uno nunca sabe el porqué de los movimientos extraños que pueden suceder en el día a día, algunos tendrán una explicación lógica, si es que así se les puede decir, habrá otros que no tengan explicación y que nos callamos por temor a que nos tiren de a locos, la realidad es que cuantas veces no sientes alguna mirada extraña y no hay "nadie" que te vea, o que escuches algún ruido extraño, o que algo se cae, en fin, después de haber leído esto ¿Podrás seguir con la historia que a continuación te voy a contar?

Los entes tienen distintas formas de manifestarse, el problema es que nunca se sabe si son buenos o malos, si te quieren dañar o te van a ayudar o simplemente son ellos los que te están pidiendo ayuda, la cosa es que siempre van a causar miedo a cualquier persona que se les presente, claro, si es que uno se da cuenta que está frente a alguna de estas manifestaciones; Rosita, que es la persona que vivió este acontecimiento nunca se enteró que estaba frente a éstos entes, se dejó guiar por la inocencia, ternura y caritas angelicales de estas criaturas sin sospechar siquiera lo que se le iba a presentar momentos después, es por eso que pasó lo que a continuación les voy a narrar, espero puedan dormir después de leer lo que sucedió.

Era un jueves, le tocó el turno de la tarde, su hora de entrada era a las dos de la tarde, Rosita era muy puntual, ese día llegó treinta minutos antes de su hora de entrada, justo en la puerta de entrada a la plataforma un niño y una niña la saludaron con mucho entusiasmo con sus manitas, ella pensó que se trataba de los hijos de algún trabajador de la plataforma así que no les prestó importancia y también los saludó con su mano y una sonrisa, se fue directo al reloj checador y de ahí al área de casilleros para cambiarse.

Momentos más tarde estaba ella con sus compañeros y su supervisor para que les asignaran el área de trabajo que les iba a tocar; ellos eran del departamento de intendencia, ese día le tocó el área de recibo de Cross dock, esa era un área un poco complicada por todo el movimiento de tarimas con mercancía recién llegada en el turno de la mañana, también incluía los baños, éstos últimos se tenían que asear cada hora por protocolo de higiene de la empresa, de hecho lo primero que tenía que limpiar eran justamente los sanitarios, por seguridad, inmediatamente después el área de entrada a esa zona; el área de entrada era un pasillo de unos seis metros aproximadamente, y bueno por el radio la llamaban si en el área del almacén había algún escurrimiento de algún líquido que había que limpiar, cosa que sucedió cuando iba a la mitad de la limpieza de los baños, un montacarguista había dañado una caja de leche y se había derramado, de inmediato se dirigió por los conos para limitar tanto el paso peatonal como de los montacargas, justo cuando iba saliendo con los conos en la mano la niña que la había saludado cuando llegó la volvió a saludar, la niña estaba en el pasillo de entrada, Rosita le correspondió el saludo con una sonrisa, no se podía distraer, ella sabía que se tenía que apurar a limpiar la leche derramada.

Ya había terminado de limpiar el líquido derramado y se fue directamente al baño para terminar de asearlo, fue entonces cuando en la parte de atrás de uno de los montacargas vio al niño que iba sentado, le pareció algo extraño ya que no estaba permitido el acceso a menores de edad al interior de la plataforma, de nueva cuenta no le dio importancia, cuando iba a entrar al baño salió corriendo la niña que la había saludado, la reacción de Rosita fue llamarle a la niña para decirle que no podía estar ahí, la niña volteo muy seria, simplemente le enseñó la lengua, Rosita se rio y continuó su trabajo en el interior de los sanitarios, cuando estaba a punto de terminar y después de pensarlo mucho decidió no reportar el incidente de la niña, Rosita sacó su propia conclusión, la niña tenía la necesidad de usar el baño, fue entonces cuando tomó la decisión de no reportarla, salió del área de sanitarios, se dirigió al cuarto de limpieza para cambiar los artículos que estaba ocupando para comenzar con el piso del almacén, justo cuando estaba saliendo con lo necesario para hacer su trabajo de atrás de la puerta se le presentaron los dos niños, la reacción normal de Rosita fue saludarlos, esta vez los niños no hicieron nada, ni un gesto, nada, a Rosita le pareció extraño ya que ellos fueron los que la habían saludado cuando llegó; Rosita definitivamente no sabía lo que estaba a punto de vivir, ignoraba por completo del peligro en el que se encontraba, comenzó a caminar hacia el área de la plataforma que le tocaba limpiar dejando a los niños justo donde los encontró.

Un rato después, justo antes de su hora de comida se le presentó de la nada el niño, la criatura había salido de un costado de una tarima con producto, Rosita se espantó y gritó, llamando la atención de un guardia de seguridad que de inmediato fue a verla para ver qué era lo que le había pasado, Rosita le comentó al guardia que el niño había salido de entre las tarimas y la había asustado, el guardia al escuchar lo que Rosita le estaba diciendo se le quedó viendo con cara de asombro, Rosita le preguntó qué es lo que estaba pasando, el guardia le dijo que no había niños en el interior de la plataforma, comenzó a reír un poco nervioso el guardia, y le hizo énfasis que no jugara con eso, Rosita le respondió que no estaba jugando, era lo que realmente había sucedido, ella no se esperaba que el niño de pronto le saliera de una de las tarimas, el guardia ya con mucha seriedad le dijo que se dejara de juegos y que se pusiera a trabajar, eso sí, que tuviera cuidado, ya que lo de los niños no podía ser cierto, no estaba permitido el acceso a niños a la plataforma, todo lo de los niños es algo de cuidado, varios compañeros de distintas áreas ya se han accidentado al ver a esos niños, se dio media vuelta y se retiró.

Rosita se quedó asombrada con el comentario del guardia, no sabía si se lo había dicho en serio o si la estaba bromeando, la joven mujer se encogió de hombros y continuó con su trabajo, estaba algo molesta por la actitud del guardia, ella sintió que el guardia, o le estaba diciendo loca o le quería jugar una broma de mal gusto.

Al otro lado de la plataforma alcanzó a ver a los niños que estaban agachados viendo una tarima de juguetes y la muchacha no lo pensó dos veces, le llamó al guardia, le señaló a aquel par de criaturas que estaba viendo, el guardia le respondió que él no veía nada, que ya se dejara de juegos absurdos o que la iba a tener que reportar.

Rosita no lo podía creer, se los había señalado, cómo es posible que no los haya visto, la molestia de la mujer seguía creciendo, ella pensó, quién se creía él para hablarle de ése modo, vio el reloj y ya era la hora de su comida, la mujer molesta se fue a dejar sus cosas para irse a comer, justo estaba cerrando la puerta del cuarto de limpieza cuando de la nada se le aparecieron los dos niños, la mujer les dijo que quienes eran, que estaban haciendo ahí, los niños sin hacer ningún gesto simplemente se dieron la vuelta, se fueron caminando entre los pasillos de la plataforma, ella se enojó aún más y se dirigió a los casilleros para sacar su comida.

Ya en el comedor estaba ella sola en una mesa, estaba comiendo pero sin dejar de pensar en lo que le había advertido el guardia, estaba molesta, fue entonces que se le acercó el jefe de turno de seguridad para preguntarle qué era lo que había sucedido en el almacén con el guardia, ella, lo primero que pensó es que aquel guardia la había reportado; lo que Rosita no sabía es que semanas antes el jefe de turno y el guardia de seguridad habían presenciado lo que le había sucedido a la Muñeca, el guardia que terminó en el hospital por haber visto a los dos niños en una de las oficinas, obviamente esa historia no la sabía

Rosita, el jefe de turno estaba preocupado por los comentarios que le había hecho el guardia.

Rosita comenzó a relatarle con molestia la actitud del guardia, el jefe de turno lo primero que le dijo fue que se calmara, él no estaba ahí para llamarle la atención, al contrario estaba ahí para protegerla, Rosita se quedó seria ante las palabras del jefe de turno, pensó que se habían puesto de acuerdo para jugarle una broma entre los dos, su reacción inmediata fue el reclamo por querer jugarle una broma de tan mal gusto a ella, finalmente ella ni los conocía, porque se estaban llevando así con ella, el jefe de turno se puso serio y le dijo que no se trataba de una broma, al contrario, le repitió que estaba ahí para cuidarla y ponerla sobre aviso, Rosita en ése momento explotó de furia y le comenzó a reclamar, el jefe de turno luego de un instante logró tranquilizarla y se dispuso a contarle lo sucedido con la Muñeca semanas antes; Rosita no podía creerlo, ella conocía de vista al guardia que le llamaban la Muñeca, no se le había hecho raro que no lo hubiera visto ya que constantemente los cambiaban de turno al igual que ellos, muchas veces podían pasar meses sin que coincidieran, estaba escuchando con mucha atención el relato del jefe de turno, ella no podía creerlo, su molestia comenzó a transformarse en miedo, a cada momento la piel se le tornaba chinita del miedo que comenzaba a experimentar, el jefe de turno le comentó que le había dado la orden a su guardia para que estuviera cerca de ella para poder cuidarla, la persona de monitoreo de igual manera la iba a estar siguiendo con las cámaras de seguridad, que ella no se preocupara, ellos iban a estar al pendiente de ella, que si volvía a ver a los niños que avisara por el radio para ver si los podían grabar en los monitores para poder entregar pruebas contundentes de la existencia de esos entes a la dirección de la empresa.

Rosita se quedó atónita ante el relato del jefe de turno, ya no quería regresar, estaba llena de miedo, fue a buscar a su supervisor para pedirle un cambio de zona, todo esto fue inútil, su supervisor ya se había retirado, lo vería hasta el día siguiente, no le quedó de otra que regresar a la zona que le habían asignado.

Salió del área del comedor para dirigirse a su zona de trabajo, ya era tarde, estaba oscuro, por un lado Rosita sintió más miedo, pero por otro sintió calma, sabía que la hora de salida se aproximaba, decidió apurarse y mantener su mente ocupada en otras cosas, sacó sus productos de trabajo para limpiar parte de la bodega, por ningún motivo quería estar donde no hubiera gente, pensó para sus adentros, entre más gente haya menos riesgos correría ella, lo único malo es que su área ya estaba prácticamente desocupada y casi no había personal a esas horas ahí, la mayoría de las personas estaban en el área de embarques que era del otro lado de la bodega.

Rosita estaba apurada limpiando el piso con el mop, estaba concentrada y pensando en cosas agradables, quería evitar a toda costa el tema de los niños, pero como todos sabemos, luego nuestro peor enemigo es nuestra mente, no podía evitar pensar en esas dos criaturas, a paso veloz recorría de un lado al otro el área que le tocaba, de reojo a lo lejos alcanzaba a ver a los niños que no dejaban de observarla, ella por el miedo había olvidado la recomendación del jefe de turno de avisarle cuando viera a los niños, estaba nerviosa, no quería quitar la mirada del piso, no quería voltear a ningún otro lado, fue entonces cuando dio tremendo grito porque sonó su radio solicitando su presencia en otra zona de la plataforma para limpiar detergente en polvo que había en el piso, producto de un accidente con un montacargas que había roto una caja de ese producto y se estaba tirando, sintió un descanso al saber que iba a estar con más personas a su alrededor, se dirigió rápidamente a cambiar el mop por la escoba y recogedor para limpiar, con mucho miedo se acercó al cuarto de limpieza por sus instrumentos de trabajo, de reojo seguía viendo a los niños, no quería quitar la mirada del piso, tenía miedo que de pronto le brincaran y la espantaran, salió corriendo de esa zona y así sin siquiera cerrar la puerta fue rápidamente al pasillo donde tenía que limpiar.

Ya en el pasillo la estaban esperando un guardia de seguridad y el supervisor de embarques para levantar el reporte de lo que se había mermado, en cuanto Rosita llegó ambos se retiraron dejando a la mujer sola, Rosita le llamó al guardia para pedirle que no la dejara sola, el guardia se negó, le argumentó que tenía que seguir con su rondín, si se quedaba ahí le iban a llamar la atención.

Rosita se apuró a limpiar lo que estaba tirado, atrás de ella escuchaba ruidos extraños, como si la estuvieran llamando, ella por ningún motivo quería voltear, era tal su miedo que sentía que las piernas y las manos no le respondían, tenía los nervios a todo lo que daban, recogía el detergente derramado y se le caía del recogedor, ya estaba llorando de los nervios, las manos le temblaban, ella sabía que los entes ahí estaban, ella seguía escuchando que le llamaban, decidió ponerse a rezar, las oraciones no le salían, confundía una oración con otra, por atrás le seguían llamando, fue entonces cuando se apareció por atrás de ella el guardia de seguridad preguntándole si estaba bien, Rosita pegó un grito que se pudo escuchar dos o tres pasillos más allá de la bodega, el guardia la tranquilizó, le preguntó que estaba pasando, ella se tocaba el pecho, sentía cómo el corazón se le iba a salir, después de un rato logró calmarse y comenzaron a reír los dos.

Rosita al terminar y ya estar más tranquila fue al cuarto de limpieza a cambiar sus cosas, era hora de limpiar los sanitarios, como de costumbre cerró el paso a los baños en lo que los limpiaba, después de tremendo susto que le había dado el guardia momentos antes se estaba riendo sola de ella misma, estaba en uno de los gabinetes de W.C. limpiando cuando escuchó que alguien tocó a la puerta, ella simplemente contestó como siempre, "LIMPIEZA", nadie le contestó, ella siguió en los suyo, instantes más tarde escuchó como se activó el secador de manos, se enderezó para pedir que salieran, pero al momento de asomarse no vio a nadie, le pareció muy extraño ya que los secadores son automáticos, salió para ver de qué se trataba, siguió sin ver nada, no había nadie, se puso nerviosa, fue justo cuando volteó al espejo que vio el reflejo de los niños, pero ésta vez los niños estaban llenos de sangre, todos deformes, los ojos negros sin vida, sus caras blancas, Rosita abrió los ojos y se tapó la boca al mismo tiempo, fue entonces que los niños hicieron un sonido ensordecedor muy agudo, Rosita pegó un grito que se escuchó hasta el último rincón de la plataforma y cayó al piso con los ojos abiertos, escurriendo espuma por la boca.

Es entonces cuando yo les pregunto, que harían ustedes al ver a dos criaturas "Inocentes" en algún lugar, ¿se fiarían de ellos?, les recuerdo que un ente maligno puede tomar la forma que quiera para poder lograr acercarse a ustedes ganando su confianza, pero en fin, puede ser que la mente a veces nos juegue bromas macabras, o no, por eso cuando escuchen en scht scht por detrás de ustedes no volteen, no saben con quién se pudieran encontrar…

Alguna vez te has preguntado ¿cuantas veces puedes ver a un desconocido en toda tu vida?, si, incluso cuando te preguntas ¿a esta persona la conozco de algún lado?; generalmente suelen ser coincidencias, pero cuando no, te has puesto a pensar ¿Cuántas personas que pasan afuera de tu casa son entes atrapadas en esta dimensión por no poder cruzar por algúna circunstancia?; imagínate que en tu trabajo comienzas a ver cosas raras que nadie más puede ver, incluso cosas raras que pueden llevarte hasta la muerte.

Bajó Luis de su camión de carga para entregar los papeles al área de recibo, era una entrega especial ya que el producto que iba a entregar salía en esos días de promoción en las tiendas, era urgente la entrega; ya estaba oscureciendo, a lo lejos en el patio de maniobras alcanzó a ver a un niño y a una niña jugando, se estaban pasando por debajo de las cajas de los camiones que estaban en las rampas de carga, a lo lejos la niña se paró y miró fijamente a Luis, no le dio importancia y siguió su camino, le urgía entregar los papeles para que le dieran acceso a la plataforma, lo único que pensó es que a quién se le ocurría dejar a esos niños jugar en un patio de maniobras, las dos criaturas echaron a correr justo a donde estaba Luis y al pasar junto a él lo rodearon y siguieron su camino corriendo, Luis simplemente los observó, y a escasos metros de distancia los dos infantes se pararon viéndolo directamente a los ojos y lo señalaron, Luis simplemente les sonrió.

Ya en la ventanilla de recepción de papeles el encargado le pidió los documentos haciéndole la indicación de que metiera su unidad y esperara indicaciones para ver en que rampa lo estacionaba, Luis le preguntó ¿por qué dejaban jugar a niños en el patio de maniobras?, el encargado se le quedó viendo y le preguntó ¿cuáles niños?, los niños no podían entrar a la plataforma y mucho menos estar jugando en el patio, Luis los señaló, el encargado simplemente le dijo que él no veía nada, que no le estuviera quitando el tiempo con bromas absurdas y cerró la ventanilla.

Momentos más tarde ya estaba el camión en el interior del patio de maniobras, Luis le advirtió al chofer que tuviera cuidado ya que habían dos niños jugando en el patio de maniobras, el chofer simplemente asintió con la cabeza, estaba concentrado maniobrando su unidad.

Se acercó uno de los guardias de seguridad para tomar los datos de la caja, los candados, los nombres, en fin para hacer el registro de rutina de acceso de la unidad, fue entonces que Luis interrumpió al guardia para preguntarle de los niños, por qué estaban jugando entre los camiones, el guardia lo miró fijamente y le preguntó por los niños, ¿en dónde estaban?, Luis le indicó que se acababan de meter entre dos camiones, el guardia dio informe por el radio de lo que estaba sucediendo y fue a donde le indicaron para investigar en donde estaban esos niños.

Momentos más tarde el guardia le comentó a Luis que no había nada, le pidió que los describiera, y al hacerlo el guardia le comentó sobre la leyenda de los dos niños que habían muerto en las instalaciones, que seguramente lo que había visto eran los espíritus de los niños, Luis interrumpió al guardia de seguridad con risas burlonas, le decía que no le viera la cara, él sabía lo que había visto, el guardia continuó su relato contándole de lo que había sucedido con su compañero al que le decían la muñeca y de su compañera de intendencia, que no estaba jugando y que es real lo que estaba sucediendo, Luis lo volvió a interrumpir diciéndole que no le creía una sola palabra de lo que le estaba contando; fue en eso que el encargado llamó a Luis para hacer aclaraciones sobre los documentos que había entregado para poder recibir la mercancía, le dio la indicación que pasara por el acceso de personal al interior de la plataforma y revisar los documentos.

Ya en el interior de la plataforma a lo lejos Luis volvió a ver a los dos niños, esta vez por los pasillos de la bodega, donde acomodaban las tarimas con productos.

Luis estaba haciendo las aclaraciones correspondientes cuando le volvió a preguntar al encargado por ésos niños, el encargado le volvió a preguntar que en dónde estaban esos niños, Luis le señaló en ésta ocasión que los vio por los pasillos de estiba de mercancía, el encargado simplemente le dijo que iba a pasar el reporte.

Después de un rato, esperando que le dieran acceso, Luis estaba parado frente a la ventana que daba al interior de la plataforma cuando vio de nuevo a los niños, le preguntó de inmediato a una capturista que si sabía quiénes eran esos niños, la capturista le preguntó ¿cuáles niños?, Luis se los señaló, la capturista le dijo que no veía a nadie, solamente veía a los trabajadores que estaban en ése turno, la chica lo ignoró y continuó con su trabajo, en ése momento Luis observó detenidamente a la capturista cuando se dirigía a su lugar, era una chica joven, de unos veintitrés o veinticuatro años, de tez morena clara, cabello rizado negro hasta los hombros con unos jeans entallados que mostraba unas piernas firmes bien torneadas, una blusa blanca con un escote pronunciado que le permitía ver las pecas que tenía en el pecho hasta ese pronunciado busto firme, era una chica hermosa que llamó en ese momento la atención de Luis que después de la respuesta que le dio simplemente se encogió de hombros y siguió observando, fue entonces cuando los niños volvieron a correr hacia donde estaba el y unos metros antes se pararon y lo volvieron a señalar, a Luis ya no le agradó tanto que lo volvieran a señalar, volteó para buscar a alguien y reportarlos, no vio a nadie, los niños sonrieron y echaron a correr, se fueron directo a los baños, Luis salió de la oficina y fue directamente a los baños, quería saber con quién venían esos niños, se metió al baño y se sorprendió al no ver a nadie, se empezó a preocupar, él los había visto meterse a los baños, no podía creer que no los encontrara, estaba buscando dentro de los gabinetes del W.C. cuando simplemente escuchó como se activaron los secadores de manos, en ése preciso momento su preocupación se empezó a transformar en miedo, los secadores se activaron solos uno a uno, pero no había nadie, Luis sintió como se le puso la piel chinita, comenzó a caminar lentamente hacia la salida y antes de poder salir escuchó cómo se azotaron las puertas de los gabinetes en distintas ocasiones, volteó intempestivamente a ver que sucedía, no vio a nadie, lo único que podía ver era cómo se azotaban las puertas una y otra y otra vez, el miedo se apoderaba de él cada vez más y justo cuando pretendía salir de los baños vio cómo se azotó la puerta de la entrada, Luis corriendo no podía abrir la puerta para poder salir, no entendía nada de lo que estaba sucediendo, fue entonces cuando vio la puerta del baño abrirse para que pudiera pasar un empleado de la bodega, fue entonces cuando el resto de las puertas dejaron de moverse y aprovechó para poder salir, Luis trataba de disimular el miedo que estaba experimentando, él sabía que si contaba a alguien lo sucedido nadie le iba a creer nada, ya cuando estaba a una distancia prudente de los baños volteó y lo único que vio fue a los niños riendo, era una sonrisa macabra, llena de maldad, siguió su camino hacia la oficina, entró y se sentó a esperar sus documentos, la capturista que estaba ahí momentos antes le preguntó que tenía, pareciera que acababa de ver un fantasma, Luis en tono sarcástico le contestó que acababa de ver dos, la capturista simplemente sonrió, le comentó que no confiara en sus ojos, es mucho mejor guiarse por sus instintos, ella sabía por qué se lo decía, él simplemente le contestó que seguiría su consejo, fue entonces cuando llegó el encargado de recibo con los papeles en la mano y le preguntó que si estaba diciendo algo, el solamente contestó que nada, el encargado le dio la indicación que fuera con el guardia para quitar los candados de seguridad y que metiera su camión a la rampla número seis.

Ya estando a punto de salir de la bodega la capturista lo alcanzó para reiterarle que siguiera sus instintos, que no confiara en sus ojos, tenía que estar totalmente alerta, Luis le preguntó nuevamente por los niños, la capturista simplemente le advirtió que tuviera cuidado, los niños no son de fiar, y le hizo énfasis en que estuviera alerta al mismo tiempo que le guiñaba un ojo con una sonrisa coqueta.

Ya en el patio de maniobras Luis estaba corroborando la información de los documentos de los guardias con los documentos de entrega, ya al final le dijo al chofer que se metiera a la rampa para que le comenzaran a descargar; con el pretexto de volver a ver a la capturista le indicó al chofer que le daría las indicaciones desde la rampa para que se estacionara bien.

Luis volvió a ingresar a la bodega, ya estaba un poco más tranquilo por qué ya no había visto a las dos criaturas que lo habían espantado en el baño, de hecho en esos momentos su mente se mantenía ocupada en aquella sensual capturista, fue justo cuando pasó frente a la oficina donde estaba la capturista cuando ella lo vio nuevamente, le guiñó el ojo otra vez, Luis simplemente le sonrió.

Ya en la rampa, Luis le hacía señas al chofer de cómo irse estacionando, tenía medio cuerpo fuera de la rampa para que por los espejos lo pudiera ver el chofer cuando de pronto vio al niño que iba a pasar por detrás de una de las llantas del camión, lo volteó a ver con esa sonrisa macabra de hace un momento, Luis se quedó paralizado de miedo, el camión seguía su marcha hacia atrás, el niño caminaba junto a la llanta del camión sin quitarle la vista de encima a Luis, en ese momento los ojos del niño se tornaron negros, sin vida, su piel pálida, ya no caminaba, estaba flotando, Luis no podía moverse ni articular movimiento alguno dejando la cabeza entre la caja del camión y la pared de la rampa donde estaba, el camión seguía su marcha hasta que por la presión que ejercía el camión en la cabeza de Luis con la pared salió disparado al interior de la bodega cayendo de espaldas sobre la rampa.

Luis estaba parado frente a su cuerpo sin vida, podía ver cómo por la boca salían borbotones de sangre, estaba observando cómo el personal de seguridad le daba primeros auxilios tratando de ayudarlo, Luis podía ver todo el movimiento de personal tratando de auxiliarlo, observó cómo llegó al poco tiempo la ambulancia, Luis no podía creer lo que estaba viendo, se estaba viendo a si mismo muerto en el piso, podía escuchar lo que decían todos a su alrededor, hasta que escuchó como el paramédico diagnosticó que no tenía signos vitales y que la hora de la muerte fue a las siete con diez minutos de la noche, Luis seguía ahí parado, no daba crédito a lo que estaba viendo, fue entonces cuando escuchó aquella voz sensual que le decía -te lo advertí, te dije que no confiaras en tus ojos, que confiaras más en tus instintos, ahora vas a estar aquí con nosotros-, Luis volteó y vio a la capturista, le preguntó, ¿me puedes ver?, yo sí, son los demás los que no nos pueden ver, llevo aquí más de cinco años, yo también fui víctima de esos niños que en realidad son entes malignos que buscan dañar a las personas, ahora ya no te podrán dañar, ya estás muerto, y aquí será tu nueva morada, junto a nosotros…

Por cierto, ¿ya viste al niño que está frente a ti?

Dicen que todo tiene una explicación lógica, o bueno, casi todo, sobre todo cuando una persona no cree en cosas paranormales, pero cuando te agarran descuidado hasta el más valiente brinca, o cómo puedes encontrar una explicación a algo que se mueve solo, o un electrodoméstico que se prende solo y no está conectado, es más, de un vivo te puedes defender, pero ¿de un muerto?, o ¿un espíritu?, ¿de un ente maligno?, como muchas personas dicen "Todo el mundo es ateo hasta que el taxista se sale de la ruta", ja, y si, con un vivo cuando menos te puedes defender, pero nunca, nunca, he sabido que un ser vivo le dé un K.O. a un fantasma o un ente; como es el caso de esta pareja de jóvenes que a continuación les voy a relatar, ambos de veintitantos años, experimentando los placeres de la vida con las hormonas a todo lo que dan.

Ése día pasaba normalmente, Alex y Ceci bajaban por las escaleras para ir al comedor, tenían una hora para comer, desde hace dos semanas ellos comían en quince minutos, el resto del tiempo se iban a caminar o a comprar un helado, estaban iniciando una relación, habían adelantado su hora de comida treinta minutos para encontrar el comedor vacío y poder comer a gusto, estaban solos, Alex acababa de meter la comida de los dos en el horno, como de costumbre le había puesto dos minutos a cada uno, la comida se estaba calentando cuando Ceci vio cómo se asomaba un niño en la puerta del comedor, no le dio importancia, Alex estaba batallando con el horno por que se encendía y se apagaba solo, comenzaba a molestarse, y no era para menos, él quería comer rápido, y bueno, los hornos ya estaban algo viejos y de pronto fallaban, fue entonces cuando Ceci le dijo que no había problema, podían comer sus alimentos tibios, Alex los sacó y comenzaron a comer, iban a la mitad de la comida cuando entró un guardia de seguridad a calentarse un café, Alex le advirtió al guardia que estaban descompuestos los hornos, el guardia simplemente sonrió, le contestó que cómo iban a funcionar si no estaban conectados, Alex vio cómo se agachó el guardia, conectó el horno y funcionó a la perfección, sacó su taza del horno con el café bien caliente y se retiró del comedor, la pareja se quedó viendo asombrada, de inmediato Ceci le preguntó si había desconectado los hornos, cosa que Alex negó con la cabeza, se rieron nerviosos, no podían creer cómo medio funcionaban los hornos sin estar conectados, Alex obviamente por querer quedar bien con su conquista le dio una explicación "científica" a su novia, fue entonces que a media explicación entro un niño corriendo al comedor, le dio una vuelta a una de las mesas y salió corriendo, la pareja no le prestó atención a la criatura que ya los observaba desde hace un rato, él siguió con su explicación, ella no muy convencida le creyó, ambos terminaron de comer, levantaron sus trastes y se retiraron del lugar.

A Alex le inquietó un poco el hecho de que los hornos prendieran estando desconectados, estaban subiendo a su lugar de trabajo, todos sus compañeros apenas iban bajando para comer, la situación era perfecta para la pareja, tendrían la oficina para ellos solos, Ceci iba subiendo por atrás de Alex, venía observando a su novio sin que él se diera cuenta, Alex todas las tardes después del trabajo le dedicaba dos o tres horas a hacer ejercicio, tenía un cuerpo atlético, piernas firmes, brazos y pecho bien marcados, espalda ancha, y aunado a eso tenía barba cerrada, ojos color miel y rasgos de una ascendencia árabe, piel morena apiñonada y voz varonil, Ceci tenía una belleza natural piel morena clara, ojos verdes, cabello castaño y largo hasta la espalda, tenía un cuerpo espectacular, siempre le gustaba vestir sexy; no le quitaba la vista a la espalda de su novio, comenzaba a imaginar cosas, fue entonces cuando por la escalera escucharon que alguien les llamaba, ambos voltearon sin ver nada, siguieron su camino hasta llegar a la oficina, el momento era propicio para los planes que tenían los dos, estaba la oficina para ellos solitos, fue entonces que Alex volteo y comenzó a besar a Ceci, ella correspondió a aquel beso, luego de algunos momentos de estar en aquel beso que empezó a subir de intensidad fue ella la que empezó a bajar las manos hasta donde la espalda pierde su nombre, Alex correspondió subiendo la mano a aquel busto firme y habido de caricias, inconscientemente se sentaron en una silla, se sentó Alex y Ceci simplemente se sentó encima de él viéndolo de frente, aquella falda se subió hasta la cintura, él comenzó a desabrochar la blusa donde aquél busto quedó al descubierto mientras la besaba por el cuello, ella tenía los ojos cerrados, disfrutaba las caricias de su novio, él estaba adentrado en el momento de pasión besándole el cuello y comenzaba a bajar los besos recorriendo el camino para llegar al busto ardiente de Ceci, una de las manos de Alex estaba llenando de caricias la parte alta interna del muslo de su amada, ella simplemente lo abrazaba dejándose llevar por el momento dándole movimientos sensuales circulares a su cintura, ambos estaban comenzando a sentir un éxtasis placentero cuando en eso se activó uno de los aires acondicionados de la oficina, ella se puso de pie intempestivamente y al mismo tiempo se abrochaba la blusa y bajaba su falda que tenía hasta la cintura, fue entonces que Alex vio salir corriendo de la oficina al niño, la pareja mientras se acomodaban el peinado se veían fijamente a los ojos, ella le dijo que pararan, no sin antes hacerle prometer que más tarde él terminaría lo que acababan de iniciar, él con una sonrisa socarrona asintió con la cabeza.

La tarde transcurrió muy lenta para la pareja, Alex no dejaba de pensar en el horno que funcionó estando desconectado, para él era un misterio que no podía creer, no encontraba un razonamiento lógico, y más tarde el encendido del aire acondicionado, no había forma que aquél niño que vio salir corriendo de la oficina lo hubiera encendido, estaba muy alto, por otra parte tampoco dejaba de pensar en aquel busto firme de Ceci, en la textura de la piel de las piernas bien torneadas que estaba acariciando momentos antes cuando de pronto por atrás de él escucho un sonido extraño que lo hizo voltear, nuevamente era el niño que lo estaba viendo fijamente a los ojos, Alex no sabía a lo que se estaba enfrentando, para él era sólo un niño travieso, Alex lo único que hizo fue preguntarle qué era lo que quería, que estaba buscando, el niño sin articular palabra alguna lo único que hizo fue levantar su brazo lentamente y señalarlo con su dedo esbozando una sonrisa macabra, Alex sintió un escalofrío que recorrió todo el cuerpo y sintió como la piel se le puso chinita, lo único que le dijo al niño fue que se fuera con sus papás.

Desde un rincón de aquella oficina estaba el niño observando a todos, el personal que ahí estaba no podía ver ni notar la presencia de aquél ente que estaba ahí, los únicos que notaban esa presencia era la joven pareja que hasta ese momento ignoraban que nadie lo podía ver; del otro lado de la oficina Ceci le preguntó a su compañera si sabía de quién era ese niño que estaba en la esquina, la compañera confundida simplemente le contestó que ella no veía a ningún niño, Ceci se inquietó un poco, le creyó a su compañera por qué cuando volteó a buscar al niño otra vez él ya no estaba, pensó que se había ido.

Más tarde Ceci fue al baño y al estarse lavando las manos por el espejo vio una imagen escalofriante que le provocó un grito que se alcanzó a escuchar hasta el pasillo de las oficinas, cuando volteó estaba parado aquél niño que la estaba observando, Ceci simplemente le dijo al niño que la había asustado, el niño lo único que hizo fue dibujar la misma sonrisa macabra con la que había inquietado a Alex momentos antes, Ceci sintió cómo se le heló la sangre y cómo se le puso la piel chinita, antes de que pudiera pronunciar palabra alguna el niño echó a correr atravesando la puerta sin abrirla, Ceci abrió los ojos grandes, no daba crédito a lo que acababa de ver, fue entonces cuando vio cómo se abría la puerta del baño, Ceci volvió a gritar viendo fijamente como se abría aquella puerta, se tranquilizó al ver entrar al baño a una de sus compañeras, le preguntó si se encontraba bien, Ceci simplemente asintió con la cabeza y salió del baño buscando a su novio para platicarle lo que le acababa de suceder.

Ya era la hora de salida cuando Ceci llegó con su novio para platicarle lo que le acababa de suceder, Alex no daba crédito a lo que estaba escuchando, simplemente le dijo que recogiera sus cosas para retirarse, ya era la hora de irse.

Momentos más tarde en el carro de Alex Ceci no paraba de temblar y de llorar, él simplemente trataba de tranquilizarla argumentando que todo era producto de su imaginación, le explicaba que era imposible lo que le había sucedido, ella le decía que era cierto, Alex le estaba acariciando la pierna a Ceci con doble intención, que se tranquilizara y retomar lo que habían dejado pendiente en la oficina, los nervios de Ceci poco a poco se fueron transformando en una sensación de deseo por su novio, Alex fue subiendo de intensidad aquellas caricias, Ceci también empezó a corresponder aquellas caricias que recibía de su novio haciendo lo suyo, también acariciaba la pierna de su compañero subiendo la intensidad, Alex ya estaba muy cerca de llegar a la entrepierna de Ceci, ella accedía a aquellas caricias con impaciencia invitándolo a que con su mano comenzara a hacer magia, ella ya tenía su mano también muy cerca de la muy marcada cremallera del pantalón abultado de su compañero, Alex le propuso hacer una parada en el motel que quedaba de paso a su casa, ella simplemente asintió con un sonido excitado que salía de su boca, justo a la hora que tenía que dar vuelta Alex para desviarse por el espejo retrovisor vio el rostro de aquél niño, tenía la piel pálida, los ojos negros y la boca con la misma sonrisa malvada de la criatura, esto provocó que él volteara a ver al asiento de atrás perdiendo el control del auto estrellándolo en el muro de una casa perdiendo de inmediato la vida la romántica pareja…

La dama del espejo

Tenía trece años, eran las tres de la mañana, tenía miedo de levantarme al baño ya que no era la primera vez que veía cosas extrañas en los espejos, siempre había una sombra que se reflejaba, me seguía, pero solamente por los espejos y de noche; ya no aguantaba, me estaban ganando las ganas de orinar, ya era un adolescente, no podía orinarme en la cama; me di valor, me levanté, decidí no ver ningún espejo, iba caminando por el oscuro pasillo, no se veía nada, prendí la luz, por fin llegué al baño, no sé si mi mente me estaba jugando bromas macabras, escuchaba ruidos extraños, escuché a un bebé llorar, estaba seguro que era un bebé, pero no, era un gato que hacía ese sonido en la azotea, del susto me ensucié las manos, claro nunca podía faltar ese tipo de ruidos en la noche; comenzó mi miedo a invadir mi cuerpo; llegó la hora de la verdad, lavarme las manos frente al espejo, no quería ver el reflejo, yo sabía lo que iba a ver, un frío intenso fue lo que sentí dentro de mí, y pasó lo inevitable, ese susurro en mi oreja, no le entendía nada, y tampoco sabía lo que era, estaba yo solo, era imposible que hubiese alguien ahí, no quería voltear al frente, sólo pensaba maldito espejo no te quiero ver, y como un movimiento inconsciente levanté la mirada, ahí estaba esa mujer detrás de mí, viéndome fijamente, vestida de blanco, cabellera larga negra, sus ojos negros, sin vida, piel pálida, sus labios negros se movían, escuchaba ese susurro que me perturbaba, no me podía mover, estaba paralizado, quería correr pero mis piernas no me respondían, las lágrimas comenzaron a rodar por mis mejillas, estaba paralizado de miedo, no podía dejar de ver ese rostro a través del espejo, no sabía si me quería hacer mal, pero yo suponía que era mala esa mujer, cuando por fin me salió la voz le pregunté qué quería de mí, porque me estaba siguiendo, sus labios seguían moviéndose, seguía escuchando esos susurros pero sin lograr entender que era lo que me decía, el sonido del gato era cada vez más fuerte, se escuchaba muy real, yo podría jurar que era un bebé llorando, pero no, era ese maldito gato que seguía en la azotea, la mujer del espejo no paraba de susurrarme, de repente la luz del baño comenzó a parpadear, era como si el foco temblara, subía y bajaba la intensidad de la luz, no sabía qué hacer, volví a preguntar a aquella mujer que quería de mí, la mujer seguía moviendo los labios, los susurros eran más fuertes, dentro de mí maldecía a mi primo mayor que me contó aquella historia de la mujer del espejo unas semanas antes, no podía sacar de mi cabeza aquella historia, me platicó que hace muchos años había una mujer dotada de una hermosa cabellera, no dejaba de verse al espejo, un día, comenzó con fuertes dolores, cuando ya eran insoportables esos dolores decidió ir al doctor, le diagnosticó una extraña enfermedad, no tenía cura, le quedaba poco tiempo de vida, al poco tiempo esa mujer murió, una de sus últimas voluntades fue que le pusieran un espejo a lo largo de la tapa de su ataúd, su familia así lo hizo cumpliendo su última voluntad, lo que la mujer no sabía, era que al salir su alma se iba a quedar atrapada dentro de ése espejo y no podría llegar a encontrar la paz, desde entonces esa mujer quedó atrapada en los espejos, sólo la podrían ver ciertas personas, personas con una mente muy vulnerable, algunas personas le dicen "Don".

Por fin pude bajar la mirada, la luz dejó de parpadear, las piernas me obedecieron, salí corriendo del baño, llegué a mi recamara y de un salto me metí a mi cama, me cubrí de pies a cabeza, no quería ni moverme, hasta que por fin me pude dormir.

A la mañana siguiente sonó mi despertador, me arreglé para irme a la escuela, a la hora del recreo me dieron ganas de ir al baño, no vi tanto problema, el baño nunca está solo, fui y lo primero que vi fue el enorme espejo que estaba justo a la entrada del baño, sentí cómo mis ojos se abrían grandes al ver que en el espejo detrás de mí estaba nuevamente esa mujer, aceleré el paso, mientras orinaba sonó el timbre del colegio, señal que el recreo se había terminado, al salir de reojo alcancé a ver como esa mujer iba atrás de mí, aceleré el paso para llegar lo más pronto posible al salón de clases, el día pasó cómo siempre, no lo podía creer, esa extraña mujer me estaba siguiendo a donde quiera que yo fuera.

Como de costumbre mi madre me dio de comer y platicamos como de costumbre, terminé, levanté la mesa, salí del comedor, saqué mis cosas de la escuela para hacer mi tarea, me costaba trabajo concentrarme ya que frente al comedor en la sala había un espejo enorme, dicen mis padres que los espejos dan una sensación de amplitud, en esos momentos lo que me daba era una sensación de miedo, total, decidí no prestar atención y concentrarme en mis labores escolares, después de un rato y ya avanzada la tarde me levanté para encender la luz, mi madre se había ido a recostar un rato ya que le dolía la cabeza, eso sí, no estaba dispuesto a voltear a ver aquél enorme espejo, fue entonces que me dieron ganas de ir al baño.

Ya en el baño al terminar mis necesidades como de costumbre me estaba lavando las manos cuando volví a escuchar murmullos detrás de mí, sentí cómo se me abrieron los ojos, sentí como se me erizaba la piel de pies a cabeza, sentí un frio que me calaba hasta los huesos, no quería ver el maldito espejo, yo sabía lo que iba a ver, giré mi cabeza muy lentamente, no había nadie detrás de mí, el miedo se estaba apoderando de mí nuevamente, sentía una lágrima rodar por mi mejilla, y sucedió lo inevitable, vi el maldito espejo y ahí estaba ella, viéndome con esos ojos negros y la palidez de su rostro, sentí cómo salió la voz desde mis entrañas diciendo que quería de mí, déjame en paz, aquella mujer comenzaba a levantar un brazo, fue entonces cuando escuché que mi mamá tocaba a la puerta preguntando si me encontraba bien, de inmediato le abrí, la abracé tan fuerte que me dijo que estaba a punto de sacarle el aire.

Momentos más tarde estaba sentada frente a mi escuchándome, le estaba platicando todo lo que me estaba pasando cada vez que veía un espejo, se puso de pie frente al espejo del baño, con un ademán me señaló que no había nada ni nadie, me jaló junto a ella, me mostró que no había nadie, yo no lo podía creer, yo si estaba viendo a aquella mujer del espejo, mi madre no podía verla, de inmediato voltee a ver a mi mamá, me preguntó qué era lo que pasaba, yo no podía articular palabra alguna, fue entonces cuando la mujer del espejo dejó de murmurar, simplemente guardó silencio, simplemente estaba observándome con esos ojos sin vida, mi madre volvió a preguntarme que era lo que me pasaba pero ya con un tono de voz de preocupación, yo le contesté que nada, todo estaba bien, salimos del baño, me dio un beso en la frente y simplemente me dijo que todo va a estar bien, que hablaría con mi primo para que ya no me cuente ese tipo de historias.

Recuerdo que aquella tarde transcurrió de lo más normal, llegó mi padre del trabajo, puse la mesa para merendar, mi papá no paraba de hablar de su día de trabajo, recuerdo que una noche antes había jugado su equipo favorito, comenzó a platicarme de las jugadas que había hecho su equipo y fue entonces que en aquél enorme espejo de la sala apareció de nueva cuenta aquella mujer que no dejaba de verme fijamente con sus ojos negros, pero esta vez como el espejo de la sala era mucho más grande que el del baño aquella mujer iba de un lado a otro, no podía dejar de ver sus movimientos, de hecho en el espejo de la sala la podía ver de pies a cabeza, lo curioso es que se movía sin mover los pies, estaba flotando de un extremo a otro de la casa, eso si sin quitarme la mirada de encima, mi madre y mi padre estaban como si nada, me quedaba claro que ellos no podían verla, el único que podía verla era yo, estaba lleno de miedo, no quería que llegara la hora de ir a dormir, sabía que iba a dormir yo solo, mis padres no me iban a permitir dormir con ellos; así transcurrió el tiempo hasta que pasó justamente lo que no quería escuchar, que me lavara los dientes para ir a dormir.

Al momento de levantarme de la mesa aquella mujer del espejo hizo alto total en el extremo contrario donde yo estaba, conforme comencé a caminar por el pasillo la mujer del espejo comenzó a desplazarse hacia donde yo me dirigía, en ese momento sentía un miedo abrazador, sentía que cuando llegara a pasar junto a la esquina de aquel enorme espejo brincaría saliendo de el y me atraparía, fue un momento de mucho terror, se pueden imaginar a un niño de trece años caminando enfrentando uno de sus peores miedos sin que su madre le creyera; por fin pasé junto a aquel enorme espejo, no pasó nada, me dirigí corriendo al baño a cepillarme los dientes, fue entonces que de nueva cuenta volví a escuchar esos murmullos, esta vez no vi para nada el espejo, terminé de asearme en cuestión de segundos, salí corriendo del baño y fui a mi habitación para cambiarme, encendí la TV puse mi toalla frente al espejo de mi habitación, fue entonces cuando entró mi padre para desearme buenas noches, obviamente me preguntó por qué había puesto la toalla en el espejo, le dije que se me había mojado, era para que se secara durante la noche y estuviera seca por la mañana, mi papá simplemente sonrió, me dio un beso, me deseó buenas noches y se salió.

Al poco rato pude escuchar que mi mamá le platicaba a mi papá lo que me estaba sucediendo con los espejos, el relato fue tal como yo se lo dije en la tarde, le pidió que hablara conmigo, mi padre dijo que con gusto lo haría, que ahora entendía por qué tenía la toalla en el espejo, eran cosas propias de la edad, la imaginación a veces vuela de más, pero era algo que se podía solucionar, pero por el momento ya estaba cansado, ya quería dormir.

Después de un rato pude quedarme dormido, la TV seguía sonando, sabía que era la madrugada cuando mi madre entró a mi habitación para apagar la tele y la luz, sentí como besó mi mejilla, me hizo un cariño en la cabeza y se fue a acostar, me sentí reconfortado, sentí mucha paz, en ese momento me sentí amado, afortunado, pero también sentí como me dieron ganas de ir al baño, demonios, todo iba tan bien pero fue inevitable, era de ésas veces que cuando dan ganas es por qué ya urge ir al baño, no me pude aguantar ni tres minutos cuando ya me tuve que levantar, no podía dejar de pensar en aquella maldita mujer del espejo, llegué al baño oriné, fue entonces cuando me llegó un escalofrío, me lavé las manos, sentí un frio en el baño de esos que hasta sale vapor de la boca, cuando en eso clarito atrás de mi escuché una voz que me decía "Ayúdame", me asusté, sentí como el cabello se me ponía de punta, fue entonces cuando vi en el espejo a aquella mujer que me veía fijamente con sus ojos negros hablándome, esta vez clarito le entendí, me estaba pidiendo ayuda, de pronto el miedo fue disminuyendo, volví a ver como se movían sus labios negros pidiéndome ayuda, yo sentía como mis ojos estaban completamente abiertos, le pregunté que quería de mí, volvió a decir ayuda, esta vez puso una de sus manos en el espejo, el espejo se empezó a empañar como si alguien se estuviera bañando, yo no sabía qué hacer, volvió a pedir ayuda, con una voz de sufrimiento, el espejo seguía empañándose, tomé la toalla del baño para quitar el vapor pero era imposible, el vapor estaba del otro lado del espejo, ahora solamente podía ver su mano recargada en el espejo, a ella no podía verla, fue entonces cuando volví a preguntar que como la ayudaba, que podía hacer yo por ella, simplemente volvió a decir ayúdame por favor, con una voz triste, debo admitir que sentí una profunda pena por aquella mujer, si, el miedo se transformó en pena, en lástima, no se me ocurrió otra forma de ayudarla más que ofrecerle consuelo, hacerle sentir que estaba con ella, fue cuando puse mi mano en frente de la de ella en el espejo, solamente sentí cómo todo se empezó a deformar, las paredes se hacían como si fueran de chicle, podía sentir como mi mano atravesaba el espejo y una fuerza extraña me jalaba al interior de él, a los pocos segundos ya estaba yo dentro del espejo, bueno, sé que era yo porque ahora era yo el que podía ver a través del espejo, me podía ve a mí mismo parado en el baño, con mis ojos negros y con una sonrisa macabra, vi cómo salí corriendo del baño, yo estaba ahora del otro lado del espejo en el cuerpo de esa mujer, podía ver mi baño desde el interior de mi espejo, pero en realidad dentro del espejo el baño se veía viejo, como si hubieran pasado muchos años sin que nadie lo utilizara, había polvo por todos lados, literal parece baño de casa abandonada, volteo hacia atrás y veo la sala de mi casa, pero adentro del espejo la sala se ve vieja y maltratada, las cortinas rotas, telarañas por todos lados, fue entonces cuando comprendí que ahora era yo el que estaba atrapado en el espejo, veo a mis padres cada vez que entran al baño, ellos no pueden verme, veo cómo voy creciendo, yo si me puedo ver, o debo decir que mi yo del otro lado del espejo si me puede ver pero no me hace caso, es así que sé que llevo aquí atrapado como veinte años, ya vi cómo crecí y no puedo salir, lo único que puedo hacer es narrarles mi historia, pedirles, suplicarles, que me busquen en algún espejo, y si logran verme por favor ayúdenme, prometo no lastimarlos, solamente tomaré su lugar, sólo les diré "Mírense en éste espejo…"

www.ingramcontent.com/pod-product-compliance
Lightning Source LLC
Chambersburg PA
CBHW072009150726
47999CB00002B/574